COLLECTION

L'IMAGINAIRE

Marcel Jouhandeau

Chronique d'une passion

Gallimard

Marcel Jouhandeau est né le 26 juillet 1889 à Guéret (Creuse). Il est mort le 7 avril 1979. Fils d'un boucher, il a fait ses études au lycée de Guéret, puis au lycée Henri-IV à Paris, et à la Sorbonne. Les premiers modèles de ses livres, sa première source d'inspiration ont été les êtres les plus étranges qui peuplaient sa petite ville. Guéret, baptisée par lui Chaminadour, a mis longtemps à le lui pardonner. Influencé par Jules Renard, un peu aussi par Charles-Louis Philippe, il est d'instinct « un détrousseur d'âmes », comme l'a écrit Maurice Nadeau. Son père, sa mère, les garçons bouchers, les Kraquelin, les sœurs Pincengrain, l'oncle Henry, l'ancienne carmélite Jeanne et l'inquiétante Mme Alban, autant de personnages qu'il fait vivre dans leur étrangeté, ne les laissant que lorsqu'il a percé leurs secrets les mieux gardés.

L'écrivain aura été, pendant trente-sept ans, et à la satisfaction générale, professeur de sixième au pensionnat Saint-Jean-de-Passy. Il n'en poursuit pas moins, à ses heures de loisir, une œuvre que beaucoup ont jugée marquée de la griffe du diable. Car Jouhandeau n'est pas seulement ce peintre réaliste et cruel qui épingle des figures humaines comme des papillons, qui n'a aucune préoccupation sociologique, mais collectionne les individus étranges qu'il regarde courir vers leur salut ou leur perte. Elevé dans la ferveur religieuse, il découvrit bientôt que s'il était destiné à vivre dans la foi, il l'était en même temps à vivre dans le péché. Et bientôt le vice devient une source de joie et d'orgueil : « Pour une larme versée sur le Dieu que je perds, mille éclats de rire au fond de moi fêtent la divinité qui m'accueille partout. » A côté de certains récits de Jouhandeau, remarque José Cabanis, le *Corydon* de Gide a l'innocence d'un manuel de pêcheur à la ligne.

Ce Jouhandeau-là s'est peint dans *La jeunesse de Théophile*, *Monsieur Godeau intime*, *Monsieur Godeau marié*, *De l'abjection*, *Du pur amour* et aussi dans la série des *Mémoriaux* et dans celle des

Journaliers. « L'orgueil d'un Godeau est d'un degré jamais atteint », écrivait Jacques Rivière.

Le mariage avec Elise, danseuse qui sous le nom de Caryathis, avait créé le ballet d'Eric Satie, *La Belle excentrique*, aura fourni à Jouhandeau une nouvelle et inépuisable source d'inspiration. Son écriture se fait alors plus spontanée, pour rendre compte d'une vie conjugale aux cent actes divers.

Ma femme, dans un livre intitulé Le lien de ronces, *fait le récit d'une aventure que j'ai contée dans un ouvrage qui a pour titre :* Chronique d'une passion. *Alors que j'ai filmé sur-le-champ et sur l'heure le déroulement des faits, Madame Jouhandeau, en mémorialiste, à vingt-six ans de distance, relate des événements, dont il lui est impossible de ne pas bouleverser la chronologie, de ne pas modifier la teneur selon la logique de son personnage ou pour corser l'intérêt de son récit.*

Avant de se faire une opinion sur ce qui s'est passé, j'engage ses lecteurs à confronter nos textes.

Par exemple, Madame Jouhandeau prétend que je suis entré par effraction dans sa chambre, dont elle m'avait fermé la porte, parce que je l'aurais trompée. Voilà qui est historiquement faux. J'ai relaté dans L'Eternel Procès *quelles circonstances m'ont amené à me servir d'un fauteuil Louis-Philippe, pour pénétrer par la violence chez ma femme. Coupable, je ne l'aurais pas fait. Rien n'est plus contraire à mes mesures et à mon caractère ; mais ce sont là nuances qui échappent nécessairement à Elise. Qu'elle ait tort ou raison, elle agit toujours avec la même inconscience brutale. L'égoïsme à un certain point ressemble à la cécité.*

Ce n'est pas parce que je suis au comble de la Folie que je ne crois pas à la Sagesse, voire à la mienne.

Tout le monde a l'air tragique parfois, mais quelle est la tragédie ? Où en est-elle ? Où a-t-elle lieu ? Nul ne le sait.

Evidemment l'homme a des buts qu'il poursuit et il les atteint ou les manque, mais peut être, dans ses erreurs, plus beau.

L'excommunication de la part d'un ami est un désert où l'on forge son armure.

Sans cesse dans les chemins j'assiste à un accident terrible dont je suis la victime hallucinée ; aucun ressort de mon corps n'échappe à ma conscience, au moment où, déjà broyé, chacun de mes membres vole en éclats.

Frêle visage au haut de sa hampe et les mains comme une mousse et une frange. Sous la cendre de son manteau ai-je aperçu les feux d'un diamant ?

A peine était-il parti ? je l'ai rappelé.

Rien ne suffit pour expliquer cette démarche, cette méconnaissance de soi, ce mépris, cette méprise ?

On va vers sa défaite, comme un condamné à mort au lieu de l'exécution : j'essaie de lire ma sentence dans les yeux de cet homme, inconnu de moi, il n'y a qu'un moment.

Mais pourquoi me ranger si docilement tout de suite du côté de la honte ?

Dans l'attente d'une si pauvre illumination, je suis plus ému de pitié pour moi d'abord que d'enthousiasme pour ce qui me conduit.

Peut-être je n'ai voulu que me faire trembler, en me jetant résolument à la merci du premier venu.

En proie à lui : au « Danger », encore une fois, mais qui a pris un nouveau visage, celui de J. St.

En somme entre lui et moi il n'y a rien eu que l'hommage de sa visite et le reproche qu'il m'a fait d'avoir mis dix ans à l'accueillir ?

On se sent par instant tout enveloppé d'horreur pélopéenne et rien n'est plus hautement religieux que ce péché, où Dieu a part avec moi.

Avait-il autre chose à me dire :

— Visage pâle, fruit vert.

Peut-être est-ce parce que dix ans j'ai été pour lui « le Fossoyeur » que j'entends aujourd'hui le ressusciter ou qu'il m'ensevelisse.

Je n'ai aimé toute ma vie que de passer des fleurs de contrebande, mais quelles fleurs et de quelle contrebande s'agit-il ?

Est-ce que je lis mal ou est-ce qu'il hésite entre le rouge et le gris, entre la grisaille et la sanguine ?

Un instant, rupture complète avec ce Charme qui filtrait de lui à moi à travers ses cils : reprise. Impossible de laisser mourir la Beauté. Je la détruis sans cesse et je la reconstruis seul.

Trois objets s'offraient : j'ai choisi le pire, mais le plus difficile à atteindre. Belle occasion de ne plus rien attendre que de son rêve.

Est-ce que tu veux étonner, toi aussi? t'étonner? Je ne crois pas, mais l'interrogation est tragique.

Les deux autres de tout repos : jeunesse, beauté, volupté qu'on achète au marché. Celui-ci me conduira sans doute à la catastrophe, mais sous le signe noble de la Passion.

Cette palpitation hâtive et assourdissante que je n'avais plus éprouvée depuis des siècles, je la reconnais.

Que lui ai-je écrit? à un inconnu, moi. Deux mots : « Te revoir ».

Est-ce de ce côté que je vais tomber?

Qu'est-ce que j'attends de lui? Qu'attend-il de moi? Sur quel plan nous rencontrer? Nous rencontrerons-nous jamais, jamais plus?

Je souffre, je le sais, je l'ai voulu et il n'est pas mal que je l'aie préféré aux deux autres : fatigue du plaisir, dégoût de la facilité.

Non, ce n'est pas l'amour seul qui meut ce drame ; ce n'est peut-être à aucun degré l'amour. Alors, qu'est-ce que c'est?

L'imprudence?

Je dirai qu'il y a « un mystère » entre J. St. et moi. Je ne peux pas dire que « j'aime » cet homme ni qu'il m'aime. C'est autre chose, mais quelle gageure ! Nous sommes « liés ».

Il m'a répondu par le retour du courrier : « Je suis glacé d'émotion. Venez. Il y aura du grabuge. »

Evidemment je suis troublé. Rien ne me semble plus émouvant, quel que soit l'être, que de l'aborder de cette manière.

Le Diable y regarde peut-être à deux fois avant d'entrer ; pas moi.

Je l'ai revu.

Moi : « Ce qui m'intéresse à vous, c'est notre histoire, peut-être d'abord celle du Fossoyeur que je ne savais pas que j'étais. »

Spontanément, comme d'avance il a prétendu que, bien que j'aie vingt ans de plus que lui, je parais plus jeune.

Plus tard, moi : « N'est-ce pas que la grandeur vue de près est petite ? » Lui : « la fausse ».

Dieu sait bien ce qu'il peut nous demander. S'il a semé du thlaspi, il ne cueillera pas sur nous des roses.

Son air glorieux avec des paquets — d'autant plus glorieux, à cause des paquets.

Longtemps l'Absent n'a pas de Nom, ni de Visage, ni de Corps. On n'aime personne qu'on sache, mais ce n'est qu'un leurre : on aime quelqu'un dont on ne sait pas tout à fait le Nom, dont on n'entrevoit que rarement le Visage ou le Corps, dans un rêve, au cours du sommeil ou éveillé à travers quelque mirage ou à l'approche de certaines ressemblances aussi éphémères qu'insaisissables.

Tout d'un coup, on est alerté : on croit mourir de peur ou de douceur : c'est lui, l'Absent, on peut le nommer, enfin le voir, le saisir dans ses bras. L'Absent est présent, on le croit. Or, il n'a jamais été plus loin qu'au moment où nous sommes sûrs de le toucher.

Le nom que nous lui donnons, le visage, le corps sont d'emprunt : Endymion dort, quand nous nous croyons visités. Ce n'est pas ce chemin qu'il prend pour nous rejoindre : nul ne connaît son Nom véritable, son Visage, son

Corps, à moins d'avoir à force de désir, passé par la Mort et d'être descendu aux Enfers ; encore là faut-il, une éternité, à travers les branches et les inextricables dangers d'une Forêt vierge inconnue et plus noire que la plus noire des Nuits, chercher haletant, avant d'y découvrir son Soleil.

L'amour n'est qu'une occasion pour un orage d'éclater : Ivre et inassouvi, on n'étreint jamais que l'ombre de ce qu'on croit tenir : aussi, peu importe le simulacre, pourvu qu'on lui donne les noms les plus doux tour à tour ou les plus cruels.

Il suffit de ne pas oublier que chacun est seul avec son Désir, dont l'Objet est inaccessible. Caresse au moins ta Chimère, sans le secours de personne ; elle n'est qu'en toi.

Je lui ai demandé : « De nous deux qui est le tentateur ? est-ce moi qui suis responsable de notre aventure ou toi ? Trois fois en dix ans tu m'as écrit. A une première lettre je n'ai pas répondu. J'ai accepté le rendez-vous que me proposait la troisième et certes la visite que tu m'as faite pouvait mettre fin à nos rapports, mais je t'ai rappelé aussitôt, sans équivoque possible, sur le ton de la passion. »

Surtout ne pas se tromper, ne pas nous tromper, éviter d'égarer un si beau sentiment ; nous avons commencé ensemble une aventure extraordinaire : où nous conduira-t-elle ? où la conduirons-nous ?

Le docteur D. prétend que la religion serait magnifique, s'il n'y avait pas ceux qui la pratiquent et ceux qui en vivent. On pourrait dire la même chose de l'amour.

Au pied de la colline, on se dit : « Je ferai ceci ou cela ». Et sur la hauteur, on regarde le Mal avec d'autres yeux : on a peur de le commettre. De nouveaux attraits nous provoquent ou un scrupule nous retient.

Seulement aura-t-il compris que je ne me sois pas montré plus ardent à lui faire violence? un doute plane entre nous sur ce que j'attends de lui et je ne sais pas ce qu'il attend de moi. Ne va-t-il pas s'imaginer que je renonce à lui déjà sans regret, au mal sans remords, au mal que je ne pouvais commettre qu'avec lui ; j'entends par « mal » ce que la morale courante réprouve et que la passion exige.

Mais la première forme de l'amour est respect, timidité, mieux, terreur. L'aura-t-il compris ?

Quelle confiance, quel abandon que d'oser faire le mal ensemble d'emblée, d'un même élan, sans réticence, ni hésitation, ni pudeur. Je n'ai jamais souhaité que de rencontrer un complice à ma taille. Où n'irions-nous pas dans la chair, dans la volupté, dans le jeu mortel de la caresse ? B. A. qui me connaissait bien autrefois, m'a dit : « Si tu rencontres ton pareil assez tôt, je t'entends rire d'ici, mais tu ne riras pas longtemps : huit jours après tu seras mort de plaisir. — Content ? — Comptant. Heureusement, ton pareil est à naître. »

Je crois qu'avec J. St. il s'agit d'autre chose, et l'amour me conduit toujours plus haut que moi-même. Tout d'un coup, d'un grand coup d'aile, je me suis dépassé. Peut-être, malgré tout le mal que j'ai pu faire, n'est-ce que la pureté à la fin qui m'attire et qui me retiendra?

Je me suis retrouvé dans la rue, dans un état voisin de la folie. Toutes les images que j'avais cueillies sur lui, recueillies de lui, m'assaillaient, légions, se rassemblaient, ou se dispersaient avec vitesse, comme un ouragan qui allait me renverser. J'essayais de passer outre, de me frayer un chemin, mais non, même absent, je suis son prisonnier.

Il faut vivre avec son péché. Aucun remords. Avide, à vide. Il passe, repasse, Adonis et le voilà dans le lacs, mais je l'ai aussitôt délivré et j'ai pris sa main, il m'a conduit dans la Forêt. Parfois, je desserrais l'étau et il s'enfuyait, mais vite, je l'avais rejoint, Adonis :

« Qu'y a-t-il pour que tu t'éloignes ? — J'ai honte. — Alors fâché? — Non, mais tu comprends bien qu'on ne peut pas être prêt tout de suite à tout. »

Je reviendrai et ce ne sera jamais pareil.
Il est le Lieu, le Jardin de mes pensées.
Plus besoin de boire pour être ivre.

Picotement sur tous mes membres : coups de becs incessants de la nuée de colombes qui me couvre : picorent mon corps les oiseaux sacrés : à force me voilà pantelant, désaffecté, aboli.

Que la passion est une catastrophe ou n'est pas : image obsédante qui s'insinue, idée unique et agissante qui se glisse entre toutes les autres, les supplante une à une, les supprime jusqu'à la dernière, les tue : telle une flèche tremble d'abord et fait tout dépérir lentement autour d'elle, à mesure qu'elle s'incruste, adhère, s'immobilise, se fixe, vous transperce.

En toi pour moi l'occasion de m'émouvoir à en mourir.

Comme j'arrive place Victor-Hugo, une bohémienne sort de terre, du métro, à deux heures de l'après-midi, en plein soleil. Son corset et son fichu multicolores laissent voir ses longs bras nus : elle les fait onduler, comme des serpents autour de sa jupe qui balle et dont elle anime imperceptiblement les mille plis bleus. Est-ce l'église ou moi qu'elle a aperçu et salue ? elle se signe, s'agenouille en pleine rue, trois fois se signe encore, avant de se mettre en marche, comme si elle entrait en scène. Perchée sur ses hauts talons, elle disperse maintenant du geste quelque chose d'invisible, comme des sorts ou des papillons qui habiteraient ses mains : à gauche, à droite, elle les envoie tour à tour, sans regarder personne, et ses pieds rythment, prestes, une parade que tout son corps accompagne de frémissements, aussitôt interrompus : pour tout orchestre une chanson secrète, la plupart du temps muette, qu'elle seule entend, sur laquelle se règle son pas, mais par instant elle la délivre et j'en surprends quelques notes, au passage moulues entre ses magnifiques dents blanches ; alors ses doigts claquent et ses bracelets bruissent : mais ce tintamarre léger est si fugitif qu'on a peut-être été dupe.

Non, personne n'a eu comme lui sous ma

langue ce goût de cendres et de larmes : ce goût de la Mort.

J'avais perdu le « chemin ». Grâce à lui, je le retrouve, le chemin de mon malheur.

Exaltation et légèreté.

Il me détache de tout et de moi et de lui-même. Ma passion pour lui est si pure et si entière que je n'ai à faire en moi désormais qu'à l'éternel.

J'avais perdu le « chemin ». Grâce à lui, je le retrouve, le chemin de mon désert. Il est une solitude, à moi seul dédiée, dont j'ai seul la clé ; c'est ma passion et bien que l'objet n'en soit pas « l'Absolu », l'Absolu seul serait digne de l'être. Est-ce que cela me justifie ou me perd ?

Il m'avoue son chagrin de ne me rencontrer que si tard, sa fleur passée : « Ah ! si tu m'avais vu, quand je t'aimais, sans te connaître, quand j'étais beau ; je venais d'avoir vingt ans. »

Beau à ravir les Anges, il me toucherait moins.

Cette amitié qui éclate au moment où il commence à s'apercevoir de la flétrissure du temps, me le livre tout entier. Il se rajeunit : quel aveu, plus précieux que sa jeunesse et que toute la beauté du monde : sensible à mon amour, il regrette devant moi son éclat perdu ! Et quand je le rassure, il s'écrie, angoissé : « Mais, toi, tu es dans l'éternité déjà ; tu n'as pas d'âge. »

Ne pas bouger et qu'il ne bouge pas, lui contre moi, moi contre lui, les yeux fermés : silence, comme si nous étions couchés dans la mort ensemble. Mais non, dès que je suis loin de lui, je suis jaloux de sa jeunesse, de cette Beauté inconnue qui fut la sienne et que sa discrétion et ma dureté m'ont dérobées. Pourquoi n'a-t-il frappé à ma porte qu'une fois, il y a dix ans ? Il arrive trop tard.

Quel qu'il soit, d'où qu'il vienne, je le tiens.
Sa beauté passée : inviolable secret autour duquel je tourne sans cesse et que j'aperçois quelquefois comme une confidence que me fait son sourire ou un charme en lui perpétuel : « Mon corps n'est que le carrosse du Saint-Sacrement », m'a-t-il dit. Il est le corps de mon rêve.

Nos affinités avec la Mort violemment ressenties, parce que nous nous sommes rencontrés, comment les expliquer? Est-ce parce qu'on ne tient plus chacun à soi? ou à l'autre tellement? qu'est-ce qui a pris tant d'importance que la vie n'en ait plus? Où se situe, où se loge ce qui existe seul désormais pour nous deux entre nous ? Il y a dans cette désaffection, dans cette affectation nouvelle, mutuelle de l'un à l'autre, exaltée, quelque chose d'étranger à l'espace et qui nous affranchit de sa servitude.

Je regardais jusqu'à ce jour tous les êtres avec admiration et envie : refus brusquement de m'intéresser à qui que ce soit, même seulement de les voir et cela moins par délicatesse envers J. St. que parce que je n'en ai aucun désir : « Lui », unique horizon, tout d'un coup de mon regard, satisfait à tout ce que je souhaite : on s'est retranché dans un abîme où fleurit le dictame.

On s'est retranché dans un abîme : O toi, qui as la puissance de jeter pour moi l'interdit sur l'Univers, sur tous les corps et tous les visages, toi qui as fait je ne sais quel signe sur chacun de mes sens et ils sont fermés à tout ce qui n'est pas « toi ». Une voix diabolique murmure : « Jusqu'à ce que tu l'aies dévoré ». Ce n'est pas vrai.

Lui : « La plus grande preuve de dévouement que je pourrais vous donner, ce serait peut-être de me laisser happer par quelque machine, de tout arrêter là tout de suite, pour vous épargner la fin. »

Une voix me souffle : « Celui que tu aimes aujourd'hui plus que tout, rencontré anonymement dans le chemin, il y a quelques mois, qui sait si ce n'est pas une espèce d'horreur qu'il t'eût inspirée ? » Si j'ai tout fait pour le haïr plus qu'un autre, c'est que je pouvais l'aimer. On se préserve d'instinct, comme on peut, à l'approche de certains risques mortels.

Et je suis là qui me guette : En effet, tout l'appareil de légende dont il avait eu soin d'orner sa personne me le cachait, quand il a paru devant moi et quand je me suis avisé de le regarder, mes yeux, prévenus en sa faveur, s'étaient accoutumés à le voir.

De temps en temps je monte vers la Lumière, mais la plupart de mes heures, je les passe dans une sorte de soute, sans hublot, aveugle et asphyxié.

Ce que la Nature voulait pour toi, de toi, et le Surnaturel, c'était le bonheur et tu recherches « ce garçon » qui te le retire à mesure, mais depuis toujours, tu as rompu avec ce que tu as de commun avec le bonheur : tu lui préfères « ce que tu aimes ».

Le droit, mes droits, ce que j'ai toujours le plus négligé, méprisé. Comme je n'ai jamais eu peur de personne, je l'ai appelé. Je l'ai appelé comme une catastrophe. A ma taille? Même pas, comme une catastrophe.

Ce que chacun va demander aux spectacles ou cherche dans ses lectures : ce qui manque à sa propre vie pour qu'elle soit digne d'être contée. Ce que j'ai désiré seulement peut-être : d'être ému.

Le cœur malade, comment songer au plaisir? L'amour seul rend délicat tout ce qu'on peut souhaiter. Encore une fois, cependant, ce n'est pas l'amour qui m'attire au premier chef dans l'amour, mais quelque chose d'indicible et de pur, d'infini et de parfait que je finirai bien par y capter et par définir.

Ne m'attache que cet état sublime qui participe à la fois de la Sainteté et de la Damnation, où nous jette la Passion seule, à partir d'un certain degré, quand elle nous délivre de tout, de Dieu, du Monde et de nous-même, pour nous enchaîner absolument et à jamais à un seul être.

O la divine imprudence, aussi voisine de la Perversité que de la Perfection ! Passion, qui as quelque chose de « sacré », du moment que tu es le prix d'une abnégation, d'une éternelle et universelle négation : exil, seul exil des âmes bien nées et entières, aussi incapables d'aimer Dieu que de ne pas aimer ce qu'elles aiment avec les mêmes tremblements et les mêmes délicatesses, la même exigence intérieure, la même terreur et la même volupté que si elles aimaient Dieu Lui-même.

Et plus « l'Objet » que l'Ame adopte et désigne comme son Tout est faible et indigne et proche du Néant, plus elle se montre téméraire et injustifiable, plus la Passion mérite toutes sortes d'égards, si elle demeure, à la vie et à la mort, fidèle à elle-même. Son aveuglement, à la face des hommes et de Dieu, son obstination, son inflexibilité, son caractère invincible, la folie de son choix, voilà ses lettres de créance, toute sa noblesse.

Du moment qu'on aime quelqu'un à ce point, on a son univers et son éternité à soi ; on a été attiré, tiré à part, séparé du reste du monde : plus rien de commun avec le destin, ni le devoir des autres : on a son destin et une morale, une mystique particulières, singulières ; mieux, une esthétique incompréhensible aux autres, incompatible avec la leur : l'Amant est seul avec son Objet, dont il est seul à connaître l'attrait : c'est là son Enfer délectable.

Les premiers jours, quand on se réveille, on ne reconnaît pas tout de suite ce compagnon inhabituel.

Un arbre a poussé dans le Jardin en une nuit et il en couvre le ciel : à cause de lui on ne reconnaît pas le Jardin.

On me dira : il n'y a pas de raison pour que ce soit « lui » plutôt qu'un autre, mais cet accord tacite entre nous, qui existe depuis dix ans, justifie que ce soit « lui ».

L'amour est la forme que prend naturellement ma vocation particulière à la contemplation pure ; il est comme un tunnel où je chemine à côté de quelqu'un d'invisible dans les ténèbres et de temps en temps s'ouvrent des cavernes où l'on se retire et se repose ensemble, infernales ? célestes ? A la lueur pâle qu'une fissure de la muraille laisse filtrer, ô la grâce de ce filet de lumière ! j'aperçois, je reconnais mon compagnon.

Aimer, la meilleure préparation à la Mort. Je n'ai plus de chair, je n'ai plus affaire à la chair de personne. Aimer à ce point me sépare de mon corps, l'escamote, le volatilise. L'amour me sépare même de son objet, à force de soins : nuit, vide. L'Amour a disgracié pour moi tous les corps, tous les visages ; me voilà sourd et aveugle ; insensible aux odeurs, aux parfums ; à jeun, je n'ai plus faim ; altéré, je n'ai plus soif et mes mains tâtonnent dans l'infini, où elles ne se rencontrent même plus, ni leur ombre.

J'aime : chasteté entière, ineffable. La passion a vitrifié, cristallisé, raidi, immobilisé autour de moi, devenus transparents, tous les corps et tous les visages ; le mien, le sien retirés à part, si purs en un clin d'œil, légers, sans volume ni poids ; « lui » semblable à sa propre image, subtil, exalté, illuminé, exilé pour moi dans une lumière qui ne se mêle à rien, transfiguré, visible à travers toutes choses et toutes gens, prisonnier de sa propre gloire, au sommet du Monde, Monde solitaire où habite seul avec lui mon regard intérieur. Comme le corps a son regard, l'âme aussi a le sien et son « Objet » qu'elle contemple sans cesse. Or, il arrive une fois par miracle qu'elle aperçoit sur la Terre le reflet de son secret, une forme qui l'incarne.

A son propre trouble qu'elle devine partagé, elle l'a reconnu. Elle a constaté l'existence de ce qu'elle considérait comme impossible ; une conflagration l'en avertit : la vie s'est unie, confondue avec le rêve. Transposé, transformé d'emblée magiquement, quelqu'un de vivant s'est substitué à l'irréel, sans en détruire ni en altérer le charme ; alliance féerique ! alliage merveilleux et indissoluble ! un mariage singulier a été célébré dans l'empyrée ; fermé à tous, excepté à deux êtres, est né au cœur d'une apocalypse, un univers, incompréhensible à tous les autres et seulement traduisible par métaphores fulgurantes, une sorte de Champs-Elysées ou de Hadès privé, inviolable, interdit à Dieu même, désormais jaloux, toutes les lois naturelles et surnaturelles bouleversées, tournées, tout d'un coup inefficaces, grâce à la vertu d'un seul couple accordé, système indépendant, mystérieusement affranchi des contingences de l'espace et du temps, bien qu'il y demeure. A surgi, fortuit, parmi les étoiles un météore nouveau, un empire dans l'Empire, un absolu dans l'Absolu, une unité dans l'Unité, un atome cosmique et moral irréductible, invincible sur lequel rien ne peut rien, qui se passe de ce monde et de l'Autre ; on se trouve en présence d'un cataclysme particulier, que les hommes ont peut-être sous-estimé, dont ils ont minimisé l'importance, en se servant pour le nommer de termes qui s'appliquent trop souvent à des sentiments d'un ordre inférieur, banal : « Amour, passion » par exemple s'appliquent trop souvent à des sentiments sans importance pour être dignes de désigner un événement moral, un phénomène mystique de première grandeur, unique, rare, qui intéresse l'Invisible, le repos de la Toute-Puissance même, en échec.

Nous allions nous endormir. Pourquoi Elise a-t-elle touché mon visage avec inquiétude, avant de porter sa main près de ses yeux, comme si elle avait recueilli sur moi quelque lumière, une poussière d'or, des débris d'un masque subtil ou le reflet de quelqu'un, dont elle espérait à force de soin retrouver la ressemblance, reconstituer l'image? Et la lumière éteinte, plus tard, elle s'est approchée encore plus près de mon épaule et elle a promené son souffle inquisiteur sur mes tempes et autour de ma bouche, à la faveur de la nuit, comme pour y surprendre un parfum étranger, quelque signe mystérieux d'une présence récente ou d'une obsession actuelle dont elle me soupçonne imbu ?

J'aime les taches de soleil autour de ses jambes sur la place de Saint-Germain et que son corps soit un peu courbé, l'amertume des coins de sa lèvre et qu'il ait dans les veines du « sang juif », parce que rien ne pouvait me rendre plus impossible de l'aimer quand même et rien n'y a fait. Je n'aime que tout ce qui fait qu'il n'est pas un autre, que tout ce qui le marque et l'insère, le cerne et le limite et le restreint et le retire et le retient dans sa personne. Je n'aime que ce qu'il lui reste de jeunesse ni plus ni moins, ce que les limites de son corps et son âme enferment d'espace, de temps, d'éternité : là est la juste mesure de mon domaine en ce monde et dans l'Autre. O mystère de l'élection ! Je ne connais plus pour les membres et le visage de la Beauté que ses membres, quels qu'ils soient, et son visage : soleil de ma Nuit. Le sublime a revêtu pour moi sa forme solitaire, assise, debout, étendue à l'ombre d'une Forêt impénétrable, par-delà des déserts sans fin où j'ai seul accès. Hier, je lui ai crié : « Ne médis plus de ta Main droite devant moi, je l'ai vue dans sa gloire. » Même ce qui lui déplaît en lui fait les délices de ma douceur et qu'il ne prétende pas que la vie et la mort ne travaillent plus chaque jour qu'à sa caricature ; à travers sa silhouette amincie de géant blessé, sous son court manteau de chair soyeuse et pâle, il a beau danser un moment devant moi, son grand squelette de neige, déjà si près et encore si loin de mes rives, au-dessus du lac de mes larmes, c'est un Cygne que je vois. Mais bien réelles, mes mains ne se sont jamais plu longtemps au jeu des symboles ni dans la fréquentation des ombres. Une seule fois, elles se sont posées sur un fantôme. C'est la société d'un être vivant qu'il me soit permis de respirer, de voir, d'entendre, de toucher que je cherche, à l'affût de tout ce qui annonce, manifeste, prouve son existence, sa présence, notre intimité sans scrupule ni honte : O toi, mon Drame et mon Secret, qui me doubles et me partages, qui redoubles et abolis mon isolement, jusqu'à m'en délivrer, à force, entre nous deux seuls, de confiance, d'inconvenance, d'insolence, de confidence et de menues privautés, de nudité promise ou supposée.

Depuis que je l'aime, objet de scandale pour les passants, comment devinent-ils que je ne suis plus de ce monde? Hissés dans les nues au plus haut mât, les pavillons blêmes de la mort et de la folie et le sillage d'or de mon invisible et royale galère, aux profondeurs me dénoncent.

Je l'aime trop, pour n'être pas sûr de « le tenir ». Et puis comment renoncerait-il à moi? Il paraît que je suis « la gloire » et de son propre aveu une gloire qui ne fait pas sentir ses rayons. De ce que je suis en effet ou de ce qu'il me croit, il ne se souvient qu'en mon absence et moins quand il est seul qu'en public, devant certaine cour. Dès que je parais, appliqué à me faire admettre, de nous deux bientôt, le plus ébloui, c'est moi.

Pour le retenir, je lui avais dit autrefois : « Sois mon mauvais génie. Nous aimerons « la Beauté » ensemble. » Cela signifiait : soyons complices : Nous poursuivrons de compagnie ta proie. Mais l'Amour ne l'a pas permis, ne le permet plus.

Aimer pour moi, c'est faire oraison sans cesse sur l'Amour et avoir mon maître d'orgues. Avant de le connaître, je jouais bien plus mal. Que l'Extase est la fin de l'Amour ; l'Extase : être hors de soi. Il y a extase, même si l'objet est réel, tangible.

Est-ce que je pourrais ne pas songer à le voir ce soir et être content? Oui. Maintenant que je sais qu' « il est pris » dans les filets de mon destin : qu'est-ce que la « Présence » auprès de la possession? On aime tellement que « la Présence » ne peut plus même être soufferte longtemps, ni souvent, mais seulement comme un accident. Il suffit que je sache que « l'Objet » de mes soins existe, où je peux toujours le retrouver. Les premières semaines, romantique, j'ai été sensible au Désert et à la Forêt. Maintenant ma vie ressemble parfois, autour d'un Temple païen, à un Jardin de délices, où je peux toujours me retirer, pour me reposer d'être heureux, sans cesser de l'être. Du moment que tu aimes et que tu es aimé, l'absence n'est plus que le souvenir et l'espoir tour à tour de

« la Présence ». Et l'espoir de le voir m'est aussi précieux que de le voir, aussi bien le souvenir de l'avoir vu : comme un livre inépuisable d'images, de croquis, de notes, ouvert sans cesse entre mes mains sur mes genoux, ma mémoire, où je le retrouve à chaque instant « lui » seul, à mille exemplaires, dans toutes les attitudes, où il prend tour à tour toutes les expressions qui lui sont familières : suite de chefs-d'œuvre que je retouche à loisir ; tableaux peints ou vivants, statues qui s'animent, peuplant mon regard : de Bacchus à la grappe au Christ sur la Croix, ce n'est toujours que lui que je vois, en attendant de le voir. Surtout ne pas regretter de ne le rencontrer qu'à de rares intervalles : il est mieux d'entourer la « Présence » de larges abîmes, d'attentes, de regrets, de silences, de jeûnes, de broderies, de nuages, de pans de ciel : Miracle, après des siècles, un jour, une nuit, de surprendre une seconde la musique de sa voix, comme si l'on entendait la Voix de Dieu et de compter les minutes, avant qu'il n'apparaisse, comme après le tonnerre l' « Eclair » qui traverse ma Nuit, où rien plus jamais ne bouge pour moi que « lui ».

Le sentiment qu'une suggestion volontaire a créé seule, une minute de distraction le détruit.

On n'est pour rien qu'on sache ni dans l'amour qu'on inspire, ni dans l'amour qu'on donne. Sans le prestige de la Fatalité, qui seule peut faire que le Néant, si on l'aime, tienne lieu de tout et que le Tout, si on ne l'aime pas, ne soit que néant, on n'aima jamais. Admirables de discrétion, les lettres que m'écrit J. St. Ah ! ce n'est pas lui qui abuse du fard ni d'aucun falbala, mais justement sa sécheresse et sa froideur glaciale assurent au moindre mot d'affection qu'il daigne une fortune extraordinaire dans mon cœur. Face à face, même réserve de sa part, mais que le regard et l'expression du visage corrigent à mesure. Et qu'importe la contrainte et les réticences qu'il s'impose ! Toujours son âme a été ma complice. Du moment que je suis devant lui, elle accourt à la fenêtre me sourire et me souffle que, quoi qu'il dise, je ne croie pas qu'il se refuse.

Il m'avait toujours semblé que l'amitié est une dispute. Autant j'ai le don d'idéaliser ce que j'approche, de faire naître des prestiges et des lueurs autour de ce que j'aime, autant, positif de parti pris, J.St. s'applique à éteindre ce qu'il appelle « mes illusions ». Mais si ses doutes m'effleurent parfois, il se laisse prendre aussi à mes songes qui ne sont qu'une réalité d'un ordre plus vif, et alors ses affreuses ténèbres s'éclairent et une larme jaillit de mes yeux, dont il jalouse l'extase, bien qu'il en soit l'objet ou peut-être dont l'extase justement l'irrite, parce qu'il en est l'objet. Comme il s'estimait, ce soir, indigne du sentiment que j'ai conçu pour lui : « Eh bien, oui, tu ne cesses d'occuper ma pensée, lui ai-je avoué, tu hantes ma vie, au point que je n'en suis plus le maître, tu m'hallucines, tu me chasses presque de moi pour en moi me remplacer, mais, parce que ce « Toi » que je connais, tu ne le connais pas, tu ne peux pas me comprendre, tu ne peux pas comprendre quelle religion à toi m'unit, avec toi me confond : ma religion, c'est « toi », tel que tu aurais mérité d'être, si tu l'avais souhaité ; toi, moins les déformations de la vie, tel que tu es sorti des Mains de l'Eternel et tel qu'il en demeure un exemplaire dans son Sein. Original, essentiel, seul véritable, ce « Toi-même », rien ne me le cache, ni blessures, ni souillures à mes yeux ne sauraient le défigurer, comme ses plaies, le Sang et la Boue, répandus sur lui, ornent, couronnent, mieux que des pierres précieuses et aucune pourpre, au regard des dévots, le Corps de leur Jésus-Christ. Si tu as eu part à toi-même, je sais distinguer ton œuvre de celle du Créateur et parce que je t'aime, tes erreurs, devenues souffrances, n'engendrent que ma compassion, tes fautes mêmes font mes délices. J'adore les fêtes, le Paradis que Dieu s'était promis en J. St. et l'Enfer que J. St. de lui-même Lui a fait est devenu le mien.

J'étais ce soir dans le Jardin, quand parmi le feuillage du sycomore des Massard, j'ai cru l'apercevoir : il était nu et d'une beauté splendide. Au dire de certains voyants, chacun et le plus laid porte, cachée en lui, la splendeur de son être qui échappe habituellement, mais qui se révèle quelquefois, par intervalles, quand Dieu veut la rendre sensible à lui-même ou faire qu'elle se montre à quelqu'un d'autre exclusivement. De là, sans doute, ces amours inexplicables. Celui-ci aime R., que personne n'aimerait que lui, parce que personne ne voit ce qu'il voit, quand il regarde R., dont la gloire n'est visible que pour lui! Eh bien, moi, j'ai vu la gloire de J. St. dans le sycomore des Massard. Pourquoi le revoir lui-même? Sa présence me dérobe parfois ce que son absence me découvre.

Nous avions passé une journée entière ensemble. A la fin du dîner, le maître d'hôtel casse une assiette, dont un éclat nous survole et comme une flèche en papier, sans le blesser, reste pris dans les cheveux de J. St. Ma main droite d'instinct a suivi la porcelaine et s'y blesse : le sang coule sur la nappe.

Quelle vacuité tout d'un coup, cette absence, après « une Présence » si entière, si constante ! A minuit, j'ai coupé court, j'ai rompu avec lui en moi, comme pour toujours. Impatience d'un joug, auquel je ne m'étais pas encore habitué ? Peut-être, devant X., il s'était laissé voir trop heureux, et insolemment, de pouvoir exercer sur moi en public sa puissance : « Tu le constates ? semblaient signifier tous ses gestes : si je le veux, cet homme est le plus heureux des hommes et il ne tient qu'à moi, à un mot de moi, qu'il souffre comme personne au monde. » Quand il m'a confié : « Vous ne pouvez savoir ce que c'est que d'avoir vécu dix ans avec un être de légende et de le voir tout d'un coup surgir devant soi, incarné ? » je crois bien que j'ai été jaloux de moi-même, de ce mythe que j'étais d'abord, que j'avais créé et qui me faisait maintenant du tort dans son cœur.

Non, rien qui se puisse dire, mais c'est souvent l'accessoire qui fait l'objet de nos propos et de notre attention et l'essentiel demeure caché ; nous ignorons nous-mêmes ce qu'il nous arrive de plus grave. Que s'est-il passé cette semaine, qui me laisse pantois, inquiet? Quand j'ai renoncé à lui, à minuit ; penché sur une table du « Cristal », j'ai dû signer un pacte avec quelqu'un, avec quelqu'un d'invisible. Au moment où j'écrivais : « Rendez-vous au Jugement Dernier », je devais être sûr de vivre désormais dans l'intimité du « Double » de J. St., déjà ressuscité pour moi, je veux dire, séparé déjà de lui par la violence de mon sentiment. Il ne s'appartenait plus et c'était là le sens de ma vengeance. En coupant apparemment la chaîne qui me liait à lui, je la nouais ailleurs et notre alliance n'en devenait que plus indissoluble. Si grossièrement que nous nous représentions les événements de l'âme, il s'est passé quelque chose d'analogue entre nous. « Vanité des mains de vingt ans ! Hélas ! je ne les ai plus ! Adieu ! » me répond-il. Mais bientôt un télégramme de ma part a tout ranimé. Il m'écrit : « J'avais comme une angoisse de vous depuis des années et vous tombez dans le panneau, tel un collégien. Certes, ce M. Godeau-là, je l'ignorais. » Puis tout de suite : « Cher M., je suis à ta dévotion. Fais appel à ma présence, si tu penses qu'elle doive t'apaiser. Surtout pardonne les grosses ficelles, que j'ai tressées autour de toi ces jours derniers, mais tu pardonnes avant la lettre et j'ignorais qu'il pût exister un tel absolu dans les sentiments, un tel manque de coquetterie : c'est à ce point que j'en suis un peu sur le flanc et comme écœuré (dans le bon sens). Tu es magnifique de te torturer ainsi et Dieu sait si cela me gêne et me touche à la fois, car je n'en tire aucune vanité. Mon grand homme sur le pavois, je voulais dire, sur le pavé ! Que tout cela me semble étrange ! » Quelques jours plus tard, une autre lettre de lui : « Je rencontre à l'instant, rentrant de Montparnasse, un groupe sur le rebord du trottoir. Leur bonsoir fut extraordinaire. Des chuchotements après. Quelqu'un d'irréel avait passé que ton amitié pour moi a rendu sensible à leurs yeux et je me sens (comment dirais-je pour éviter, en riant, le ridicule de la fatuité) déjà dans l'histoire, mais ne viennent sous ma plume, pour me désigner, que des noms d'héroïnes. Il est quatre heures du matin, je vais me coucher et j'appelle un sommeil de cheval que je dédicacerai à qui ? »

Pentecôte. J. St. nous méconnaît l'un et l'autre. Parce que X. est plus jeune que lui, il croit s'être délivré de moi, en me le donnant. Je ne lui reproche que d'avoir pu croire que je l'oublierais si vite. Il ne s'agit pas pour moi d'être heureux ni de personne d'autre : je n'ai affaire qu'à lui. Qu'il appelle cela comme il veut : depuis que je l'ai vu pour la première fois, certain dimanche d'avril à midi, je ne connais plus rien ni personne que lui seul. Pourquoi, ce matin, comme je parlais du Christ du Porche d'Autun qui ressemble à un insecte immense, drapé dans ses ailes, et qui n'a pour visage que la Croix, comme un trou, une sorte d'abîme s'est-il ouvert au milieu de la conversation? Et encore une fois, dans notre Jardin, en plein jour, au soleil, j'ai connu « la Nuit », une nuit impénétrable qu'aucune lumière ne peut vaincre. Mon âme, mon corps, mon regard étaient devenus tout à coup si obscurs que ma femme qui devient de plus en plus son Ange et le mien, s'en est aperçue et s'est attendrie sur moi.

J'ai beau vouloir le chasser, il demeure et ma mélancolie est telle qu'elle a raison de mon courage. A aucune source je n'ai le goût de boire, à aucune autre source que lui. Je refuse tout, même de dormir. Des larmes couvrent mes yeux et ce n'est qu'à travers son image que je les vois : séparé par elles et par lui d'un Monde que je ne rejoins plus, je suis seul.

Mon trouble n'a pas échappé à Elise.

J'écris à J. St. : « Tu es mes « ténèbres » privées et je ne peux rien connaître de meilleur, aussi longtemps que tu le voudras. Mais, dis-moi, est-ce toi, tout seul, qui as fait cela ou es-tu venu à l'heure favorable ? »

Jamais je ne m'étais senti, aperçu, touché, entendu parler si près de la Mort. O l'indicible familiarité avec la mort, qui n'est permise qu'à l'extrémité de la Passion !

Jacques, si j'aimais Dieu, comme je t'aime, je serais un Saint, mais parce que je t'aime de cette manière unique, il est impossible que Dieu ne soit pas enveloppé, compromis avec nous dans mon amour pour toi.

Ce matin, parce que je sais que je le verrai à la fin de la journée, une certaine liberté s'ensuit. Je surprends certains désirs, comment dirais-je? étrangers à lui qui semblent me distraire de lui et je me crois libre pour autre chose. Leurre. Ce n'est que lui qui me délivre de lui, sans que je le sache tout à fait ; mais je ne suis pas dupe longtemps. Je ne prendrai conscience de ce qui se passe en moi, de mon bonheur qu'après le bonheur, en le quittant. Pour moi, plus n'est de solitude ou tout n'est que solitude, puisque je ne cesse d'être seul qu'avec lui, encore que, même sans lui, je ne sois toujours qu'avec lui. Ma solitude, c'est lui, absent ou présent, c'est de ne réussir toujours qu'à n'être que moi, à côté de lui ou loin de lui, c'est de ne pas pouvoir être un seul être avec lui, quoi que je fasse ; de n'être pas lui, quand je ne suis plus tout à fait moi, comme si j'hésitais sans cesse entre son être et le mien. A sa différence irréductible se heurte la mienne sans cesse, sans la briser. Parfois nous sommes sur le point de confondre nos limites, à quoi la nature de la personne humaine s'oppose et je prends pour de l'indifférence de sa part l'impossible unité, l'irrémédiable, infrangible, infranchissable singularité de son « moi » et du mien : Hélas ! vu l'espèce à laquelle nous appartenons, nous ne serons toujours que deux êtres distincts.

J'habite cependant mon sentiment, profond comme une grotte sacrée, qui avec moi se déplace. Où que je sois, comme une « aura » noir et or, mon amour pour Lui m'isole.

Je viens de déjeuner avec Elise, sans prononcer une parole. Est-ce qu'elle devine, est-ce qu'elle soupçonne ce qui va se passer ? Oh ! si peu de choses. Je tremblerai, un instant, de bonheur, seulement parce que je serai moins loin de ce cœur, de ce corps, de cette voix qui peuvent seuls m'émouvoir. « La Nuit », je ne m'abuse pas, « ma nuit » me suivra auprès de lui : elle sera complète en sa présence, avec cette seule différence qu'au milieu d'elle, de mes ténèbres, au cœur de la Forêt, je verrai passer ma proie, luire « le Diamant », bouger Endymion, imbu de son éternel sommeil.

Je n'ai plus besoin de rien. Rien ne changera

plus rien à rien en moi, ni personne. Je suis trop loin. Plus rien n'a d'importance, n'existe pour moi, excepté mon sentiment « ma Nuit et ma Forêt », où j'habite avec lui seul, présent ou absent, mon Ami, l'étranger le plus étranger, intouchable, inviolable, interdit à mes prises, que j'approcherai, sans l'atteindre jamais ni le connaître tout à fait.

Quand je vais le voir, est-ce que je sais ce que je vais voir? Quand je le regarde, ce que je vois? quand je le touche, ce que je touche? C'est une gageure que je m'impose, un défi que je me suis donné? un relais ou un symbole? un appel désespéré aux rites de la magie cérémonielle? Je ne sais pas ce qu'il signifie, tout ce qu'il représente pour moi ni de quoi il me délivre.

Mais quel est le rôle d'Elise dans ce drame?

Les musiciens s'accordent. Où est-il ? Déjà je l'entends?

De vraies mains, deux pieds nus, le corps de quelqu'un, une bouche, ses yeux à la disposition de mon regard. Mais pourquoi me condamner, avant sa venue, à cette solitude et y prolonger mon attente? Il n'ignore pas que mon désir s'y affine et s'y exaspère. Quelle science de l'économie et de la discipline du plaisir, du bonheur, de l'amour? Une heure, je le regarde en moi, avant qu'il paraisse et je surprends le bruit de chacun de ses mouvements, de ses gestes pendant sa toilette, à travers le mur, de l'autre côté duquel il bouge, comme exprès pour que je l'imagine, avant de le voir? Quand il franchira la porte, de quelle lumière intérieure mon regard ne l'aura-t-il pas paré? Je ne serai tout à fait ni avec un homme ni avec un Dieu, terrassé devant lui par ma propre ardeur adorante.

Devant lui, le Pauvre, que faire de moi que d'être embarrassé par mon amour, comme on l'est par un manteau trop long? Puisse, de brocart et d'or, cette chape solennelle, sacerdotale et royale, l'empêcher de me voir, et en détournant son attention de tout ce qui me manquerait nu pour lui plaire, le distraire, l'amuser, peut-être l'éblouir ! Pour moi, je ne saurais plus m'ennuyer nulle part, éternellement, dans la vie ni dans la mort, où j'ai tout, puisque je Le possède, Lui, malgré Lui et malgré Dieu, par la seule force de ma volonté, de mon Idée, fixe comme un regard à la fois et une griffe. Bien plus, il faut qu'il lui soit comme impossible, à lui aussi, de ne pas tomber dans une sorte de ravissement, devant un sentiment que je veux si parfait qu'il n'y ait rien à y reprendre, si rare et merveilleux qu'il me tienne lieu de tout et l'attache et le retienne.

Je lui annonce : « J'avais décidé de venir sans autre vêtement que mon manteau de berger. » — A quoi bon? me dit-il, « troublé à ce point, on est déjà impossible ». Que l'amour, même s'il est une faute, enseigne, commande, remplace toutes les vertus? Incapable d'une vilenie quand j'aime, je suis prêt à tous les exploits, et l'invention dans ce domaine est inépuisable. Il s'agit d'emporter l'affection de son amant par quelque détour charmant ou par une suite d'actions admirables. Ainsi, l'Amour n'est pas seulement l'émule de la Grâce, il est la source de l'héroïsme et de la

Prouesse, l'image la plus approchée, la plus ressemblante de la Sainteté, à rendre jaloux Dieu même, qui, n'y étant pour rien, mériterait seul d'en être l'objet : « Désormais, lui dis-je, ma propre maison à cause de toi m'est étrangère et j'en ébranlerais volontiers les murs, si dehors aussi bien je n'étais dans une prison. Fuir, tout fuir, me fuir, pour te rejoindre, toi, toi seul. A cause de toi, les frontières mêmes de mon être me sont à charge, mon corps, mon âme me pèsent : c'est avec toi que je voudrais être. Ah, que ne puis-je te faire entrevoir ma folie, « ma Nuit et ma Forêt », dont tu es l'Endymion étincelant ? »

Est-ce touché par ces paroles ou par celles qui suivirent ? La plus grande émotion de ma vie, il me l'a donnée. Sans phrase, mon regard sur lui, quelle greffe ! nous a noués l'un à l'autre à la vie, à la mort. Si simple, si charmant fut son geste d'obéissance à se découvrir sur ma prière à mes yeux qu'il a comblés pour l'éternité de délices ! L'ironie n'était pas absente de sa part, mais si légère, la dispute écourtée, éludée par lui gracieusement, déjà ses vêtements rejetés, il se montrait nu. Depuis que j'étais, j'avais rêvé de ce Théâtre simple : son grenier et de ce spectacle pur, de cette absence totale de plaisir dans le péché, de cette contemplation immobile et muette, un moment hors du temps : « Enfin, j'ai aperçu le Lys dans le Jardin de mes pensées. Ne crois pas surtout à la froideur que j'ai feinte, quand je t'ai quitté, elle masquait ma fièvre et mon silence un cri déchirant. Si je te laissais voir ma passion, si je me laissais voir, tel que je suis pour toi, tu pâlirais de joie, effrayé. » Sa réponse : « Je n'attendais que ta lettre quotidienne pour te dire à mon tour combien tu m'as allégé. Cet exhibitionnisme m'a conquis : peut-être me suis-je moqué de moi-même, en te voyant regarder mon grand corps blanc et c'est ce que je me reproche. Rien du drame dans tout cela, voilà surtout qui me fait plaisir, me repose. Tu es un Ange de simplicité dans des choses pas si simples et c'est ton charme, bien à toi. » Maintenant, ce n'est plus Endymion, c'est lui que je vois, revêtu de tous ses signes cachés, particuliers, que je suis seul sans doute à connaître. Qui l'a regardé avec la même attention dévorante que moi ? Et la connaissance est plus fidèle que la Présence : ce souvenir aussi intime, aussi intérieur à moi que moi, qui peut me le ravir? Sa nudité fait partie de ma mémoire, où elle éclaire ma Nuit.

Mais faut-il pour arriver à cette liberté intérieure, avoir dépassé la période agitée des combats et de la conquête ?

Elise : « Dès que tu es heureux, tu ne sais plus ce que tu fais. »

Rien n'est plus délectable que la Passion que je connais. Tout d'un coup, tous les quarts d'heure, elle se relâche et je goûte le repos.

Cependant, à peine l'ai-je perdu de vue, je l'aperçois qui surnage à tout. Je ne l'égare un moment que pour le retrouver mieux et toujours avec le même étonnement et le même bonheur.

J'ai dérobé à un enfant une bille rouge que je fais tourner sans cesse entre mes doigts. Mon chapelet n'a qu'un seul grain : Combien de fois, depuis que je le connais, mon cœur à chaque battement m'a répété en secret son nom comme une plainte ou comme un chant de triomphe.

Est-ce que je n'exagère pas volontiers l'importance de ce qui m'arrive? Est-ce que je ne monte pas complaisamment chaque événement de ma vie en une tragédie, en un poème dont je force un peu l'intérêt ou le ressort? Je ne suis pour rien cependant, où les subtiles intentions du metteur en scène commencent. Quelqu'un d'autre s'en charge et jamais le pittoresque ne manque ni dans ce piège l'occasion de se rompre le cou. Me voici debout en plein ciel, mais je ne suis pour rien dans cette apparente adresse : né maladroit, tout mort de faim que je sois sur ce trapèze volant, j'improvise.

Je plaisante ou dispute sans cesse avec l'Amour qui a son visage et aucun souci en moi de me sauver ni de me perdre : je ne suis plus seul.

« L'Illusion » adorable que je crée avec une patience de tous les instants entre « lui et moi » est maintenant une réalité et telle qu'il n'y en a pas de plus vivante. Contre elle, rien ne prévaudra plus, ni personne, ni Dieu, ni lui, ni moi, ni Elise, quoi qu'il arrive : la pulpe la plus rare de la plus délicate des Fleurs en fixe le charme sur une toile qui hésite entre ce monde et l'Autre.

Encore une fois, Dieu est jaloux ! j'ai fait prisonnier l'insaisissable. Piège. Piège à la limite de ce monde et de l'Autre, de la Chair et de l'Esprit, de la Terre et du Ciel, du Temps et de l'Eternité : Lui et moi, ce Feu, est-ce l'Enfer ? O tempêtes d'une Lumière qui aveugle tantôt et tantôt de Ténèbres qui éblouissent, froid brûlant, brûlure glaciale. Dans l'empyrée, aux confins de la perpétuelle « Nuit » je vis avec lui à une altitude inhumaine, où l'on n'hésite plus qu'entre l'ascension ou la chute verticales.

La passion telle que je l'éprouve, dépasse le péché. Du moment que, quoi que je fasse, je ne touche et ne vois, je n'entends et ne respire plus que « lui », que m'importent la vie et la mort et la Nature et Dieu, les Chambres sans Soleil et le Soleil, le Ciel et l'Enfer ! J. St. m'est tout cela et davantage. Avec lui, je pèche sans doute cent fois plus qu'avec un autre sur le plan de l'absolu, mais sans jamais commettre le mal ni connaître la honte, si bien que chaque degré plus bas m'élève. L'Abîme où je le rencontre me sauve de l'autre Abîme où je périssais : il m'a délivré des amours faciles. Se fiant aux apparences, le Monde s'entête à me regarder comme perdu, parce que j'ai choisi J. St., mais qu'importe que je ne sache plus parfois moi-même si je me perds davantage, en me sauvant, ou si je me sauve davantage, en me perdant avec lui ! Sous l'aspect de l'éternité, quel sommet altier du Tartare nous habitons, lui et moi, où l'Amour nous dérobe à toute bassesse et à toute débauche !

Parfois je pense à une « grappe d'êtres » dont je ne connais que deux grains, mais non, je ne veux pas savoir qui est pour lui ce qu'il est pour moi, bien que je songe parfois à venir une nuit dormir sur le trottoir de la rue Princesse, une fausse barbe au menton et à quatre heures, au petit jour, quand il regagnera son hôtel, quelqu'un à son bras, il heurterait du pied, sans me reconnaître, le front d'Ariel.

Quel mystère entre nous deux ! Volupté pour moi de gravir son escalier d'étage en étage, de m'engager dans le colimaçon, de suivre enfin le couloir si étroit et si sombre et rempli de sacs du septième, d'arriver enfin devant le dernier obstacle qui me sépare de lui : cette planche debout marquée du numéro 47. Je l'entends de l'autre côté bouger, respirer. Il va de son chevalet à sa toilette ou bien, étendu, il tourne les pages d'un livre. Je vais frapper? Indifférence d'abord de son visage, indolence plutôt, mais sa voix est toute moite de tendresse, quand il m'accueille et à peine ai-je parlé ? son regard s'intéresse à ma passion. Je n'en demande pas tant. Qu'ai-je fait encore pour le mériter? Il est comme un coffret à surprises, où une cachette plus obscure me dérobe toujours un nouveau secret.

Hier soir, tellement las d'avoir su m'occuper toute la sainte journée d'autre chose que de lui, je me suis endormi sur cette phrase inachevée : « Que le plus grand des Ordres Mendiants, où seuls sont admis à faire profession les Cardinaux et les Rois... » Est-ce l'Amour ? Il n'y a que Dieu et moi, bien que nous ne nous parlions plus guère, qui savons sans doute comment je me suis réconcilié avec la Chair de Jésus-Christ ; ce n'est pas parce qu'on se damne en effet qu'on n'est pas chrétien, ni parce qu'on n'entend pas la Messe qu'on échappe aux prises de la catholicité : quelles que soient les splendeurs du Monde qui l'entoure, face à face avec l'Eternel, ne demeure de vraiment grand qu'une âme et le sentiment qui la possède, le pire ou le meilleur, du moment qu'en elle il a tout envahi, même la raison et que dans le corps qu'elle anime, non seulement les sens, mais les ongles et les cheveux en sont imbus. Tout, quel Triomphe ! l'Ange et la Bête frappés de stupeur de chaque côté de Moi, à cause de « lui » !

Est-ce dans mes yeux seulement ? Que de déformations de J. St. ! Je rencontre sans cesse de ses sosies ? Peut-être parce que je ne cherche que lui, quand j'aperçois quelqu'un d'autre, ce n'est que sa caricature à dix mille exemplaires que je vois. Et lui-même la plupart du temps n'est pas lui-même, même quand il l'est le plus, quand il est le plus près de l'être : Il y a dix ans qu'il ne l'est plus, qu'il ne peut plus l'être : ce n'est que sa Jeunesse perdue, perdue à jamais pour moi, le reflet que j'en retrouve épars sur ses membres et sur sa face qui m'attire et son éternité seule qui m'époinçonne : sa Jeunesse que je me suis refusé d'accueillir, parce que j'ai eu peur d'Elle et de moi devant Elle, mais rien ne me touche désormais que son âge actuel, que ce qu'il est à mesure, à chaque seconde, pour la dernière fois. Je sais que je n'aurais qu'un petit signe à faire parfois et je serais fou, mais je ne le ferai pas, parce qu'aussitôt je Le perdrais pour toujours. Ainsi, ce n'est que pour le garder que je reste de ce côté de la Raison. A sa fenêtre, bouleversé : en me penchant sur son épaule, j'ai aperçu près de sa tempe quelques cheveux blancs. Douleur étrange aux entrailles ; purement physique, sans aucune déception de l'Ame ni désillusion du Cœur, ni aucune répugnance. Pas la moindre tentation de reculer. Aucune possibilité morale d'abandon ni aucune envie. Comme si j'avais surpris cette couronne d'asphodèle autour de ma tête, mais pourquoi n'a-t-il honte devant moi de rien que de ses pieds qu'il me cache avec obstination, comme il refuse de voir les miens, parce que j'ai parlé d'eux je ne sais où, me dit-il, avec trop d'orgueil.

Je crois bien que c'est son côté « perdu »

et mon goût pour le désespoir et le défi, cette parure d'injustice qui l'ont recommandé auprès de mon cœur. Il n'est plus un adolescent ; il n'est pas encore un homme. Il a dû être beau ; il peut l'être aujourd'hui peut-être davantage et ressembler tout d'un coup par instant à un monstre. Rencontré à une heure, où je me sentais particulièrement seul et déprimé, il est arrivé à moi par des chemins pathétiques, je veux dire par des voies si obscures, si lointaines, si mystérieuses que je ne pouvais pas ne pas être ému à son approche. Les lenteurs mêmes de sa démarche et l'importance qu'il semblait leur attacher me troublaient. De lui-même, il ne m'a rien caché et je suis sûr qu'il est cent fois meilleur que sa réputation n'est affreuse, due surtout à son cynisme : il a le geste large, donnant tout ce qu'il a, même le pire, sans aucun regret et on ne peut rien lui donner. Cette générosité et sa nudité devaient m'éblouir jusqu'à la tendresse et quand il a semblé jouer un rôle, c'est sans doute parce que je l'y invitais, à force de le griser de poésie : nous étions dans le lacs. Il n'y a d'ailleurs que bien peu de sensualité entre nous; toute faite de sentiment et de contemplation, notre amitié ressemble à une légende ; elle n'est qu'un dialogue perpétuel et un échange de regards. O grâces fugitives et son charme de complice, que décuplent tantôt son orgueil et tantôt sa confusion devant moi !

Fier de ressembler à la Bible, me dit-il, parce qu'il appartient par son père à l'Ancien et par sa mère au Nouveau Testament, J. St. a voulu aujourd'hui samedi me montrer la gloire de sa famille. A côté de merveilles et d'un luxe de nabab, quand il ne me les signalait pas lui-même avec esprit, je surprenais çà et là, bien plus touchants qu'aucune mise en scène, quelques symptômes de misère : merveille surtout de ses airs de Dauphin dans la chambre de la Reine ! Mais je ne connaîtrai que plus tard sans doute le véritable intérêt de la visite que je lui faisais là, dont le style changea tout à fait, dès qu'il m'eut introduit dans une galerie complètement vide où un fauteuil unique tournait le dos à la lumière : il m'y installa et en face de moi il exposait tour à tour sur un chevalet quelques chefs-d'œuvre de l'Ecole hollandaise. Son inquiétude cependant semblait grandir, comme s'il eût été de plus en plus distrait ou absent, à mesure qu'approchait le moment de me montrer un portrait d'homme. Visiblement bouleversé : « Que vous semble de cette toile ? » me dit-il. Chez son père, bien que seuls ensemble, nous avions cessé de nous tutoyer. Je me récriai d'admiration, d'étonnement : « Admettez-vous, poursuivait-il, que ce soit là le portrait de M. Godeau? C'est ce que j'ai voulu faire, il y a dix ans, quand je vous demandai de me recevoir et c'est la seule œuvre un peu ambitieuse que ma paresse et mon goût, ma passion pour le sujet que je traitais m'aient permis d'achever à peu près. » La lumière, l'éclairement infernal du personnage hallucinaient et, si l'on regardait au bon endroit, au coin de la lèvre ou dans les yeux, tous les détails, à peine indiqués, du vêtement et de l'attitude s'exaltaient ; les mains en particulier, entrouvertes sur les genoux, sortaient de l'ombre, où elles avaient paru d'abord noyées. Mais ce qui surprenait davantage, c'était la complicité des ténèbres. En pleine lumière, tout s'éteignait, devenait plat et banal, comme si l'on eût eu affaire autant à de la magie qu'à de la peinture, à de la sorcellerie plus qu'à un art humain. Devant la nonchalance évidente du peintre à s'y servir de son métier, on eût hésité à parler de perfection, mais il y avait là quelque chose de plus, quelque chose d'autre et que les chefs-d'œuvre ne suffisent pas à nous donner : la vie et comme une présence de l'au-delà. Au choc singulier éprouvé sans prévention, à l'apparition de cette étrange toile, après l'examen des splendeurs qui l'avaient précédée, on gardait la certitude qu'un moment l'auteur avait dû être inspiré, hors de lui, qu'il avait peut-être obéi à un enthousiasme, à une sorte de lyrisme mystique ou qu'il avait accepté délibérément la collaboration du Diable. De toute façon, c'est à partir de ce moment que j'ai compris, sans me l'avouer tout à fait d'abord ni vouloir le laisser entendre à J. St., que je venais de découvrir le nœud du drame qui est le nôtre, comme si j'avais fait la connaissance du « dieu » de la Machine qui nous rapprochait de plus en plus, disons du Démon qui nous avait voués de toute éternité l'un à l'autre. Après cette révélation, il me montra un jeu florentin de mains de plâtre : c'était l'usage aux XVIe et XVIIe siècles, m'expliquait-il, de garder là-bas un moulage de la main droite de ses maîtresses. Je dus choisir la plus belle et l'emporter, ornée d'une fleur de dentelle et enveloppée dans un foulard de soie.

Au retour, que n'est-il là pour me voir avec mon butin? quelque remords, certes, de l'avoir ainsi dépouillé, mais je suis si heureux! La suite de ses gestes autour de moi qu'un calme soudain couronne compose une noble guirlande qui peu à peu s'anime; la ronde en passe et repasse, avant de se rassembler, de s'immobiliser et de se fondre à la fin dans mon souvenir en une statue hiératique.

La colombe de temps en temps réjouit ma bouche; apprivoisée, y boit longuement et se désaltère d'une becquée. Loin des pièges d'Elise, la main repose dans sa cage, les doigts écartés, sur la rose un peu fanée qui la soulève, juste assez haut pour que je la voie de ma table.

Cependant, si discrets qu'ils soient, le reflet de la passion sur ma face, la perturbation qu'elle apporte dans mes attitudes sont-ils sensibles? Elise écoute, inquiète, ma voix altérée par la folie et observe avec stupeur parfois l'éclat inaccoutumé de mon regard. Ce qu'elle comprend le moins davantage l'attache, jusqu'au moment où elle apprendra qu'elle vit en un tête-à-tête perpétuel avec l'amant de J. St. Alors, gare! Mais l'amour de quelqu'un dans le cœur, qu'importent la Paix ou la Guerre!

S'effondrent le monde et le ciel, on ne le saura même pas.

Tristesse particulière à ce Jour, fête de ma ville qui célèbre son Patron, saint Pardoux, moine aveugle, en même temps que la Trinité divine, et je songe à mon père endimanché, la boutonnière fleurie, lissant ses cheveux de jais partagés à la Capoul et frisant sa moustache rousse pour aller sur la place Bonnyaud entendre la musique ; à ma mère, un peu plus fervente derrière sa persienne, au vieux prêtre Verrier, porteur de la Sainte-Relique, dansant d'un pied sur l'autre, par les chemins, en procession, aux accents cocassement rythmés d'un *Iste Confessor* à nous.

Il y a peut-être dans ma folie actuelle une sorte d'autodafé, une large part d'impatience, de l'impatience d'aller là-bas finir de me consumer sur la colline de mes morts, où je commencerai de « me voir ». Et rien ne m'échappe de l'horreur de ma propre tragédie : c'est dire à quel point le peu qu'elle comporte de caresse m'est doux.

Trinité : cette conversation familière introduite au cœur de l'Unité divine : fleur intime née du Judaïsme et qui lui est si étrangère : si proprement chrétienne : le Fils entre les bras du Père et l'Oiseau de Vénus qui va de l'Un à l'Autre et leur parle à l'oreille.

Jeux dangereux, place de Saint-Germain. L'inconvenance en est voisine, mais presque évitée. Surgiras-tu, silhouette guettée du « Coureur » nu sur la piste de mon regard, pour qu'Elise me voie pâlir ?

Il est six heures. Nous rentrons. Comme il m'a plu d'aller et venir pendant les Vêpres dans ses parages ! d'apercevoir seulement de loin la rue des Ciseaux me fend le cœur. Deux fois, nous avons battu le pavé, où il tient ses quartiers, pour établir les nôtres en face de l'Eglise. Dans les Prés, c'est « Lui » que j'espérais voir, mais ce n'est toujours que X. qui s'est montré : « Qui est ce Maure ? » m'a demandé Elise intriguée, quand il a reparu bientôt, escorté de deux sbires insolents qui nous souriaient, sans nous connaître. Chacun est responsable de son escorte, mais je ne suis pas comme J. St. : « Moi, l'ignominie de ceux qui osent me mépriser me canonise : *amare et contemni* ». Non, rien ne me semble bouleversant, comme le vide absolu de ces paysages qui attendent quelqu'un : un seul être dont la seule approche fait chavirer le Monde, en un clin d'œil, changeant l'Enfer en Paradis. « Pour moi, tu as seul, Jacques, ce pouvoir merveilleux. Que dis-je? parce que je sais seulement que « tu es », si loin que tu sois, parce que j'espère avoir chaque seconde une part, si petite qu'elle soit, à ta vie, l'Enfer même de ton absence, m'est délectable. » Grâce à lui je connais cette légèreté qui n'est donnée qu'aux extatiques et aux amants. Qu'on imagine ce qui se serait passé, si tout d'un coup ce soir, déchirant le rideau, il avait traversé la place? Quel scandale de ne plus pouvoir une minute repérer mes jambes, mes mains ; sous les yeux d'Elise, je m'avouais perdu : elle me surprenait sans défense dans « ma Nuit » ouverte, béante, patente, évidente. « Ma nuit », Lui, image sublime de mon Dieu, mon Démon, vivante Roue dont je suis l'Ixion. Mon seul et éternel « Toi », dans les Prés je t'attendais et tu n'es pas venu.

Qu'aujourd'hui même, au terme de nos pérégrinations sur le bord de ce Léthé et pour la première fois, comme par hasard, chez ma sœur, se soient rencontrées Elise et Véronique, me paraît digne de remarque.

Avec la certitude d'être aimé, si peu que ce soit, l'absence est mille fois préférable à la présence dans le doute. Ne sais-je pas que, même dans les bras d'un autre, ce ne sont que mes couleurs qu'il porte, ce n'est que de moi qu'il parle, à moi qu'il pense, que ce n'est que mon amour qui lui a redonné du goût pour lui-même, que ce n'est que mon souvenir qui rend toute leur gaieté, toute leur grâce, à ses gestes, à sa voix, à son regard, à son être. Parce que je suis venu, il se reprend à croire en lui, à se croire un dieu. Cette joie, cette ivresse qu'il connaît est toute la récompense que je souhaite ; je ne veux de lui rien d'autre que son bonheur et qu'il me le doive, sans le savoir. Si je disais que l'Enfer avec lui est préférable pour moi au Paradis sans lui, ce serait l'évidence et une grossièreté. Plutôt ce qui est plus rare et que j'éprouve : l'Enfer pour moi seul et que je le sache en Paradis : il n'y a pas d'autre Amour.

J'ai reçu de lui ce billet :

Petite mouche
Venue du fond *Lundi 4 heures du matin*
des forêts,

des genêts,
des bruyères,
je t'entends.
Tu es le tic-tac
de l'isolement.
Petite mouche,
abracadabran,
tu viens de si loin
dans le temps
effarant,
effrayant.
Je t'aime tant.
Petite mouche
au jeu coudé
et insolent
le berger
dont le Nom — Endymion — il t'aime tant.

Couché dans sa chambre
de chaux,
volets clos ;
Accoudé à ton chant,
Tu résonnes
Comme l'Eternité.

Quand l'hiver viendra,
Endymion
dormira,
écoutant la mouche
des autres étés.

Sa cantilène, arrivée hier soir, m'a bercé. Impossible de ne pas me voir dormir. Certes, le miracle de l'aimer comme je le fais, comme il n'a été donné qu'à moi, est bien au-dessus des voies ordinaires et l'expression me manque, pour me faire entendre. Trahisons, gaucheries, tâches accumulées me détournaient d'écrire, mais ce n'est plus écrire : j'entre en conversation avec l'Amour, avec lui ou avec moi sur lui. Je me rendais moins bien compte de mon bonheur ou de mon malheur, sans l'artifice de ces dialogues, que l'écriture a rendus, sinon plus réels, du moins tangibles, et il en reste quelques traces.

Ce soir, il vient, il va venir. Quel émoi ! On n'ose pas croire qu'on est heureux, qu'on va l'être davantage ; quoi qu'il arrive, je ne serai pas déçu : il est impossible que je le sois, du moment que je n'exige rien que de moi Tout. Cette Fête que je donne, je la crée de toutes pièces autour de lui. Habituellement, il me reçoit. Ce soir, chez moi, en présence de ma femme, notre intimité ne peut être qu'une parade et d'autant plus distante, discrète dans ses manifestations, que violent sera l'attrait et impossible l'approche.

Il vient de partir. A l'instant, il disparaît au tournant de l'allée. Cette nuit de Juin splendide me l'a pris et je dois me résigner à feindre de dormir, en proie à mes muscles contractés qui m'arrachent des cris. O nuit qui m'a pris « ma Nuit » et je suis exposé au grand jour de moi-même. Heureusement, il emporte ce Lambeau de moi, ce lambeau de pourpre, de soleil qui ne le lâchera plus : le foulard du Cardinal. « Si tu es perdu, je t'envelopperai dans ma Gloire bien plus prestement que tu ne saurais m'envelopper dans ta défaite. » Cent fois, mes rêves succèdent à l'éveil, mais ce n'est toujours que pour me le rendre plus présent. Sans sortir de son sommeil, Elise étend la main de mon côté, comme pour me calmer, me protéger, conjurer le sort : « Messager en allé saluer de ma part tout ce que je refuse, demain volupté sereine de te retrouver imbu de souvenirs d'inconnus nouveaux que je ne connaîtrai jamais et me voici d'ores et déjà suspendu à toi, comme à l'Arbre des Visages, comme le soleil à l'Arbre invisible qui porte les Etoiles, à l'Arbre du Monde ; heureux que personne n'ait revêtu mieux que toi la forme de mon Destin ; gorgé de toi, ivre de toi avec le pressentiment que tu es ma mort et rien ne saurait davantage m'exalter. A ce point, à cette altitude, où serait la place du remords ? Transfiguration dans le péché, sans aucun malaise, pour la première fois et la dernière : est-ce la qualité du mal qui m'absout ? Une extrême liberté intérieure, comme un chant que rien ne couvre. Longtemps dans l'amour la sensualité n'est qu'un mode d'expression, une forme désespérée de la tendresse, un langage, celui balbutiant de l'adoration ; la caresse et le baiser des signes que la force de l'émotion cache, dérobe au plaisir. Quand on aime tellement on oublie de prendre sa part, on n'en a que faire. On n'éprouve de joie qu'à croire en donner et l'admiration, la reconnaissance qui saluent votre effort vous récompensent, mais de toute façon la volupté a été tournée, jouée, frustrée, lésée, dépassée. Bien se tenir, ne pas devenir fou devant la douceur de nous couler l'un dans l'autre lentement et de n'être plus qu'un. Enfin, le Cygne naît de la Nuit et j'ai nommé la Mort, quand il n'y a plus rien entre lui et moi que délice. Le registre de la passion épuisé, les amants parlent de ne plus être, comme après la note la plus aiguë, la plus élevée, se taisent les orchestres, quand l'ouïe ni l'âme saturées ne sauraient de la Musique rien attendre de plus que l'alerte ou la surprise d'un répit.

Avant de m'endormir, je n'avais jamais éprouvé à ce point ce que c'est que de se voir tout refuser par un seul être ; d'avoir fait tout dépendre de la volonté ou du caprice d'un autre et d'un autre, mille fois plus pauvre et plus faible que soi. Est-ce bien cela ? Est-ce bien cela qui m'arrive ? Est-ce que je suis vraiment tombé tout entier dans cette misère ou ne puis-je trouver d'excuse à ma servitude qu'autant justement qu'elle est complète ? Moi sans lui, le Néant pour moi, quand le Néant pour les autres, c'est moi avec lui, moi sous lui, moi, sous la domination de ce Jacques ? de ce Roi Fainéant ? Moi, réputé publiquement l'Anti-Jacques, déchu à la remorque, sous la domination de ce grand, maigre Juif ? Il était entendu que nous nous verrions demain et je reçois un télégramme : décommanderai-je les oriflammes que j'avais fait préparer pour nos solennités ? Pourquoi lui ai-je écrit, fâché ? Il était bien libre de changer d'avis, mais rien ne nous est plus difficile que de rompre subitement avec un projet : on est embarrassé de soi tout d'un coup : cette petite part d'avenir immédiat sur les bras, on n'en sait que faire. Le temps de se retourner, de songer à autre chose ou de s'acclimater à ce vide : même un déplaisir ou une gêne prévus qui vous échappent vous laissent pantois. Non, tu te leurres. Dans la passion, c'est bien autre chose : l'orgueil et la luxure se partageaient ton cœur tout le temps que ne le transperçait pas ce glaive sans merci. L'orgueil : Dieu et soi. La luxure : n'importe qui. La passion : lui seul ; tous les autres et Dieu et moi-même anéantis.

Une heure du matin : J'avais attendu ce Désert pour lire son « cahier noir », où il consigne depuis plus de dix ans ses propos intimes. Ce qui me frappe d'abord, à toutes les époques, la distinction de la mise en page : son dédain altier crée, au centre d'une marge sans mesure, une sorte d'abstraction rêche, ténue, si isolée dans ce blanc et si fine, comme inaccessible, la silhouette, le squelette d'une Reine d'un monde d'insectes disparus, aux airs de vieille Dame et de Grand Prêtre, devenue à travers les âges cristal ou diamant, quelque chose de tellement propre à lui qu'on ne peut tout à fait comprendre, faute d'attention, excepté moi. Qui ne céderait devant ces lignes nobles à une sorte de respect, mieux d'étonnement religieux ? L'attitude et le ton proclament la présence de quelqu'un qui a renoncé à être quoi que ce soit au monde, ne gardant que sa forme et son accent, un accent particulier, quand souffle la manie.

Malgré la consigne, j'ai téléphoné, ce matin,

dès neuf heures, et fidèle au rendez-vous qu'il m'a donné, je stationne longtemps après midi devant sa porte. Personne ; dans la loge du concierge de son hôtel ensuite, en présence d'une grand-mère très digne qui m'observe par-dessus ses lunettes et son tricot. O l'intime, l'anonyme, l'ultime confrontation avec l'Honnêteté ! Au « Royal » voisin où je m'installe (parfois la Providence multiplie sur nous ses projecteurs) voici que mon beau-frère en personne, surgit et me met la main sur l'épaule, comme si l'on m'arrêtait, comme si l'on m'arrêtait au bord du gouffre, mais je lui fais comprendre que j'ai besoin d'être seul.

Et J. St. arrive enfin, suivi de son garçon boucher qu'il me présente ainsi : « Tu as de la chance que Jean se soit réveillé. Nous dormions chez lui. Il y faisait frais. Quelle bonne sieste ! » C'est seulement, son ombre expédiée, quand il a continué de parler, que mes yeux se sont ouverts sur moi, comme si je m'étais regardé dans les siens : « Tu étais là et du plus loin je te voyais, à l'ombre de ces fusains, m'attendre et tu ne me voyais pas venir. La Tristesse était peinte sur ton visage ; la Tristesse ? la détresse ou quelque chose de pire, quelque chose de si extravagant dans les parages du désespoir que j'ai alerté Jean : « Regarde là-bas, lui ai-je dit, toi qui es jeune et joyeux, cet homme qui m'attend. Est-ce que tu as su jamais, toi, ce que c'est que d'attendre quelqu'un ? Lui le sait et il ne sait pas encore si celui qu'il attend viendra et celui qu'il attend le regarde l'attendre, interdit... » Non, Marcel, je vous l'affirme, personne jamais ne m'attendra plus comme vous m'attendiez, il n'y a qu'une seconde encore, pas même vous. J'ai la conviction que c'est la dernière fois ce soir... Mais je suis là, Marcel. Tu ne me reconnais pas ? » Et, me prenant le bras, il m'entraîna chez lui. Adorable fatuité ! Adorable, parce que dans ce festin de Thyeste, pas une miette de mon cœur ne lui échappe : rien de perdu, rien d'inaperçu. Il a tout humé, dégusté en connaisseur, avant de me dévorer : festin de bel insecte au ventre doré, gavé. Avec un appétit cynique il poursuivait sur ma face, convulsée par la douleur, son reflet, bien que je croie, qu'il me cache, par coquetterie ou par cruauté, le plaisir et tout l'orgueil que je lui donne.

Jeudi. Fête-Dieu.

O cet après-midi brûlant de Juin dans la

mansarde, couronnée d'orages et bourrée de roses, autour de cet homme nu, étendu sur ce lit de fer et de feu, comme un Apollon foudroyé, la main pendante et cette glace au citron que nous promenions avec délice autour de nos lèvres calcinées.

La folie ? Quel beau monde ! le conte merveilleux ! Me voici derechef un homme comme les autres : mais non, c'est impossible. De ces fêtes splendides que j'ai données autour de l'été de ce garçon, j'emporte malgré moi sur mes bras et dans mon regard une moisson d'incroyables fleurs, des épis et dans ma voix une sorte de panique, de tremblement qui m'empêchera longtemps de ne pas être écouté avec étonnement par ceux qui n'ont pas connu mon trouble, qui n'ont jamais partagé ces extases, ni entendu ces concerts, ni constaté sur leurs membres des marques aussi patentes d'un rayon de « la joie divine » usurpé, surpris. Dans le cadre d'une pauvre muraille, avant le retour entre nous de ce Jean qui nous a laissés seuls, juste le temps du cinéma, où l'on jouait *Les Trois Enfants dans la Fournaise,* quels fulgurants paysages animés, peuplés à l'infini, par les jeux d'une seule Figure, malade et belle ! En descendant de ce grenier où je ne devais pas venir aujourd'hui, où j'ai passé, comblé et ruiné, deux heures bien extraordinaires, je suis un peu perdu dans l'escalier qui me ramène à moi-même : comment cela s'est-il fait ? Une seconde, après deux mois d'aveuglement, « je me suis vu » et j'ai été délivré, comme pour toujours, comme si je venais d'apprendre que depuis quelques semaines j'étais fou et prisonnier, le prisonnier de J. St. et je m'évadais : chaque degré, chacun des sept paliers m'éloignait de ma geôle, à la Raison me rendait, sain et sauf. Je voudrais décrire ces méandres de l'âme, cette inquiétude, cette zone trouble que je traverse, qui sépare la passion du calme, car je la sens là, encore tout contre moi palpitante, à peine dans le passé, ma passion vivante, vibrante et je ne me détache d'elle qu'avec peine; l'impression cependant que c'est fini domine et comme une sorte de sommation de mon orgueil. Mais comment renoncer sans regret à cet état sublime qui était le mien, il n'y a qu'un moment ? De différence alors aucune entre mon cœur et le Cœur d'un Saint. Illuminé et donné sans réserve et tout d'un coup, il y eut quelque chose de changé : une nuance inconsciente d'abord, quand je l'ai vu venir de loin avec l'Autre, mais je crois bien que ce qui m'a fait mal irréparablement, c'est plus tard le spectacle de leur intimité. La nôtre en face paraissait d'un ordre tellement convenu, conventionnel, artificiel, cérébral : la leur toute animale et si vraie ! Etait-ce entre eux la présence de la Bête qui me faisait honte ou envie ? Quels souvenirs d'orgies les rapprochaient si étroitement, de caresses, de spasmes répétés, d'abandons, de risques, de trophées, peut-être celui d'un méfait, dont ils se partageaient devant moi le remords et la gloire ? Je les sentais mariés par un secret, peut-être par une infamie commune, à moi étrangère qui me maintenait loin de leur cercle, sur le seuil, exilé, exclu. De temps en temps une allusion à des événements passés, fabuleux, que j'ignorerais toujours ou à des inconnus qu'ils connaissaient, faisait courir de l'un à l'autre un sourire d'intelligence, une œillade ou un frisson, entre eux créait cette magie d'une complicité impitoyable, implacable, qui humiliait définitivement mon amour devant leur camaraderie. Mais le pire, ce fut quand ils en vinrent sous un prétexte futile à échanger leurs vêtements jusqu'à la chemise en vue de quelle randonnée ? A ce moment, j'entends Jacques me dire, comme s'il devinait à quelle torture j'étais soumis : « Je ne vous comprends pas, mon cher, d'admettre la kyrielle de gens que je vois toutes les nuits excepté celui-ci ? Vous avez la gloire et moi, vous ; moi, vous et mon garçon boucher. A chacun sa volupté. » Cependant, quand, pour me tourmenter gratuitement le bourreau gagé crut devoir exposer je ne sais quel projet d'un lointain voyage qu'ils se promettaient de faire ensemble et dont le départ pouvait être fixé au lendemain, je triomphai : Jacques intervint et, tambour battant, ramena l'indiscret dans les limites du respect qu'il entendait le voir garder avec moi, renonçant d'un mot sec à l'expédition et en un clin d'œil il me dressait une estrade pour m'y couronner d'attentions et de respects éclatants devant celui qui s'était si grossièrement trompé sur l'étendue et la qualité de ce qu'il nous destinait de lui à l'un et à l'autre. Mais ce fut Jean qui resta et je savais qu'ils allaient dîner tous les deux, avant d'errer bras dessus bras dessous, pour s'endormir côte à côte au petit jour. Pas besoin d'ailleurs d'invoquer les deux Anges de première grandeur qui m'escortent et me gardent sans cesse ; inutile de déranger des personnages de cette importance pour expliquer mon départ subit, quand il m'avait suffi d'y mettre le nez. En de pareilles rencontres, l'Orgueil et la Jalousie peuvent dormir, c'est souvent la subtilité de mon odorat et son ironie qui me sauvent seules. Dès que j'eus flairé en effet le parfum de cadavre qui orna un moment l'épigastre de J. St., je n'eus plus aucun mal à sortir prendre l'air, avec le sentiment confus que les roses, chair pour chair, si touchantes en l'occurrence, d'elles-mêmes, se déshonoraient pour offrir un alibi.

Vendredi. Je me suis assis à l'écart et je me trouve si tranquille, après tant d'orages, que j'ai peur. Ce silence et cette aisance à me prélasser me scandalisent. Je me révolterais contre moi-même, s'il n'y avait là de l'affectation ou une feinte. Et comment ne pas regarder vers cette mansarde où j'ai porté mes concerts ? Seul, que va-t-il devenir, tout d'un coup ? Avait-il prévu mon absence ? Il croyait disposer de tout, de tous les leviers et voilà que je suis le Tyran qu'il souhaitait. Il est impossible qu'il ne me cherche pas. Ce que je lui donnais était trop rare, pour qu'il s'en passe du jour au lendemain sans transition, au moins sans souffrir ? Je me demande aussi bien si je m'éprouve ou si je l'éprouve ? si je ne l'aime plus ou si je fais semblant de ne plus l'aimer ? pour voir ? Mon cœur est là comme un oiseau d'apparence dompté, mais ne va-t-il pas s'ébrouer tout d'un coup, me résister et reprendre le large ? Quand mes deux mains s'écartèrent, emportant chacune un lambeau du voile qui se déchirait et que mon visage parut ; comme au sortir d'un cachot, on hésite longtemps à ouvrir les yeux sur un miroir, de peur de ne pas se reconnaître et une seconde on ose et l'on ne se reconnaît pas en effet. Ai-je eu un mérite infini à cela ? Aujourd'hui, Orgueil commande ; je n'en suis pas plus fier, mais Jacques est peut-être satisfait : « Avec moi un jour je veux que tu changes de manières. » C'est fait. Je suis, quand même, bien plus près de lui que de qui que ce soit au monde.

Minuit, je n'ai fermé les yeux qu'une minute en présence d'Elise, dans une demi-obscurité, où je rêvais qu'il se balançait entre nous deux sur une chaise ; ses cheveux flottants balayaient le sol. Qu'il était pâle, de crainte sans doute qu'elle ne vît nos lèvres à la dérobée se rencontrer !

Elise : « Oh ! c'est que toi, tu ne peux pas savoir ce que c'est quand tu es triste, le soleil est triste ; le chat languit, toutes les couleurs s'éteignent autour de nous ; tes mains traînent partout, on les retrouve comme des broussailles ou des toiles d'araignées et tes yeux vous regardent sans vous voir, comme des gouffres vous attirent, où l'on voudrait se perdre, pour savoir ce que tu regardes, pour au moins ne plus te voir. »

Intuitive : « Ce J. St. doit être un second Visiteur Nocturne. »

Je suis là comme une pierre, mais son nom y reste gravé et je porte l'empreinte de son corps au fond de mon regard, où Endymion s'est endormi.

Le comble de l'amour n'est peut-être qu'un effacement absolu devant l'Absolu et l'objet n'est qu'un prétexte.

Ma résolution, quand a-t-elle commencé ? Mais ce n'est pas parce que j'ai décidé de ne pas faire un pas vers lui que ma passion est morte ? Si je me tais, je n'en attends pas moins qu'il parle et si je demeure immobile, ce n'est peut-être que parce que je suis sûr maintenant qu'il va bouger. Je ne me tiens même à ce point silencieux et inerte que pour mieux l'entendre venir de plus loin.

Plutôt le désespoir que l'ennui. Bien qu'il n'ait pas avoué le plaisir qu'il éprouvait à être visité par moi, comme il ne le fut par personne, il était sensible à ma curiosité au moins. Peu à peu sa chair même s'épanouissait à la chaleur de mes invites et les replis les plus secrets de son âme et son corps s'offraient, l'un après l'autre, à mon indiscrétion. Gagne ce Rocher, au sommet de toi-même, où, inaccessible, ton attention, gantée de pourpre, se rassemble, comme un conclave, autour de la nudité de J. St.

Sans peine chaste maintenant. L'Amour me tient au-dessus de toutes choses, de moi-même, d'Elise, de lui ; incapable de m'intéresser à nos corps ! dans une sorte de refus, où il n'entre d'ailleurs aucun dégoût, aucun mépris, aucune sensibilité, aucune impuissance, mais un scrupule de lèse-majesté. Avec lui aussi bien procès sur procès, comme si je me vengeais, sans le savoir ni le vouloir tout à fait, de sa méprise, mais je l'aime toujours davantage, en ne lui préférant que mon Amour pour lui, le sentiment ineffable, où seul il m'a conduit et dont je le soupçonne de n'avoir pas reconnu encore la qualité, la hauteur, la profondeur, toute l'étendue et l'ardeur, quasi mortelle. Dieu ne porte pas toujours son Nom. Dieu porte quelquefois des masques et travesti, traverse nos fêtes. Quand on a conçu pour un être quelconque un amour si parfait qu'il ne serait digne que d'avoir la Perfection pour objet, qui aime-t-on ?

Imagine-t-on ce que c'est que cette bouilloire sans issue, la passion que je contiens, que je porte avec moi partout et dans les endroits les plus imprévus, devant les enfants et jusque dans les bras de ma femme ? Peut-être, je le veux bien, je vais renoncer à lui, mais c'est en même temps au sublime et à la chasteté que je renonce. L'amour confère à la chair une dignité, ennoblit les gestes les plus vulgaires ou les plus sensuels, à ce point qu'ils n'ont plus rien de commun avec rien d'obscène, ni seulement d'humain. Avec la passion le ton de toutes choses s'élève ; on entre dans le sacré, sans quitter l'homme. Du moment que j'aime, je me comporte naturellement comme un dieu à l'égard d'un dieu, je ne peux plus me mouvoir que dans l'éther, je ne veux plus qu'être admirable et inviter à l'être.

S'il y a dans l'amour autre chose que l'amour et dans le plaisir autre chose que le plaisir : c'est l'attrait de la conquête, d'une difficulté à vaincre, d'un défi à relever, d'un viol à perpétrer, d'une folle aventure à réaliser au péril de sa vie, de son honneur, parfois de son éternité.

L'intimité d'un être quelconque, sa façon de se comporter dans l'abandon, son regard au moment de la stupeur, l'aveu de son odeur : il y a là quelque chose d'unique à découvrir et de caché derrière des murs et des murs qu'il faut franchir à ses risques, avant de plaire encore, pour mériter la dernière confiance, mieux, une confidence entière, dont la nudité n'est que la figure : le droit d'entrée dans le Saint des Saints qu'est le Secret du Corps et de l'Ame du Premier venu, sa faveur.

Tout le temps qu'on est très loin d'aboutir,

occupé aux premières manœuvres d'approche, le Premier venu reste le premier venu, mais du moment qu'on est dans la place, l'amour-propre est en jeu, le désir, la passion. Une fois sur mille se produit le miracle : l'Amour, qui intéresse l'Univers et l'Eternel.

Je comprends très bien qu'on se tue, mais quand on se tue, on ne se tue pas encore ; on s'adresse encore seulement une dernière fois, en termes plus pressants, à l'être qu'on aime pour forcer son attention : la mort des amants n'est qu'une métaphore, une figure de rhétorique, le dernier moyen qu'ils aient de se faire entendre, de faire éclater leur passion, de parler d'amour avec plus de sincérité, autrement qu'avec des mots ou des gestes qui ne soient pas sans appel, définitifs. Se tuer ? Dernière lettre sans adresse ni paroles, qui n'est plus qu'un cri auguste et d'un lyrisme désespéré, paraphé de sang.

Au moins, qu'à chaque instant il sente en lui le manque de quelque chose d'essentiel à lui-même, que je lui ai pris à son insu, son double, et que, pour le retrouver, il soit contraint de se tourner vers moi, et d'en passer par moi, qui, l'étreignant virtuellement au bon endroit, détiens désormais la clef de son être et contrôle en lui l'Arbre du Sang. Mais, s'il est à ce point subordonné à moi, sans doute ai-je renoncé moi aussi à quelque chose d'essentiel à moi, à mon être pour le sien ? Peut-être suis-je « lui » maintenant, avant d'être moi ? La passion introduit un tel trouble dans la conscience, qu'on a de sa personne, et une telle confusion dans la nature des rapports, que l'on entretient avec un autre, qu'il n'y a plus à proprement dire de « soi-même » pour l'un ni pour l'autre qu'entre eux, que « soi-même » pour lui et pour moi, ce n'est plus ni lui ni moi seulement, mais nous, comme si nous étions enchaînés l'un à l'autre par un réseau inextricable de ramifications invisibles et que nos entrailles fussent communes.

Mercredi : victoire. J'obtiens de moi que je renonce à aller guetter le passage du Vautour, où il a habitudes, mais jeudi, circuit décrit sur la place de Saint-Germain au tracé ineffaçable : on piétine et sans doute se déroule mécaniquement le tapis de l'espace et du temps, ou comment aurait-on la force de s'éloigner de ce qu'on aime ? Certes, l'Eternel ne doit pas avoir de préventions contre certaines modes ou certains modes de souffrir et du moment qu'on souffre, il ne se demande pas s'il est suranné d'être atteint de tel mal plutôt que d'un autre : quel que soit l'objet de la passion, il y a la passion et ses avatars.

« Pour dormir, me raconte Mme Ch. mourante, que je suis allé voir à l'hôpital, il faut que nous soyons trois et toujours quelqu'un manque ; tantôt c'est moi, tantôt c'est l'un des deux autres. Dès que vous serez parti, ça recommencera. Quand la nuit vient, jusqu'au jour on n'en finit pas de s'attendre. Celui-ci arrive, celui-là part et c'est à mon tour de les quitter, si bien qu'à l'aube je suis comme le soir. Parfois des trois je ne sais plus qui je suis, on s'embrouille. »

Encore : « Une fois, il m'est arrivé de rêver que je lisais un livre sans lunettes. Quelle fatigue pour mes yeux ! Mais ce livre était si extraordinaire que je lisais bientôt avec mon imagination et puis ce fut comme si je l'avais écouté au téléphone ou comme si un phonographe me l'avait récité et à la fin les personnages et les paysages m'arrivaient par je ne sais où. »

A propos d'une scène qu'avait provoquée à son chevet l'intervention d'un fanatique : « Oh ! me dit-elle, c'est que Ch. (son amant) et moi, nous ne parlons pas le même langage que tout le monde. Ils attachent de l'importance à des choses qui existent peut-être pour nous autant que pour eux, mais qui nous touchent autrement. Dieu par exemple n'a pas le même Nom pour nous et pour eux, ce qui ne veut pas dire qu'on ne croie pas à quelque chose. Qu'y fait le Nom ? et d'abord ça ne regarde personne. Dieu s'arrange avec chacun et chacun avec Dieu, comme ils l'entendent ou alors Dieu n'est pas Dieu et chacun n'est pas quelqu'un. Pour nous, Ch. et moi, nous péchons par profondeur : peut-être nous voyons les choses à l'envers, mais c'est peut-être nous qui ne sommes pas dans l'erreur et l'on veut nous forcer à les retourner ? Non, on n'y revient pas, on ne nous y reprendra plus. » Je n'ai relevé ces propos que parce que les amants et les mourants me semblent relever de la même optique.

Des semaines, j'ai été plus faible que lui et je me suis ressaisi enfin. Nos silences se bravant, voilà qui peut durer autant que nous. Cent fois le jour, la nuit, je suis sur le point d'aller me jeter contre sa porte. Non, de son glaive de feu, un Ange me barre la route, c'est moi qui me refuse le Paradis.

Je m'étais peut-être dit : « J'irai jusque-là. » Une fois là, je me suis tenu parole, me retirant à reculons sur la pointe des pieds, pour ne plus revenir. Et sans doute, il m'attend. Il était sûr que je reviendrais. Le lendemain, rien. Huit jours, sans le moindre signe de vie.

Du moment que je ne dois pas le voir, je m'abandonne, comme un Pauvre qui ne vaut pas la peine de sa toilette, et tout d'un coup, je me fais des reproches. En me négligeant moi-même, est-ce que je ne cesse pas de lui faire honneur dans ma solitude ? Le Père Dieu est toujours assis à l'écart, en chape, sur son petit banc de bois, solennellement coiffé de la mitre et ses deux petits pieds de danseuse écartés, le

Fils entre ses bras. D'un visage à l'autre il y a juste la place de la Colombe qui ressemble de plus en plus à une chouette. « Seul, tu m'entends, Compagnon de la première et de la dernière heure, ô Eternel, mon image et dont l'attitude ressemble à la mienne ; la Passion entre tes bras. » Se méfier de ses propres abîmes ; ne pas les visiter avec trop de complaisance, sans se munir d'une lumière et de son fil d'Ariane. Il ne faut pas céder à la tentation d'être plus triste qu'il n'est permis. Parce qu'on ignore tout le reste du temps, cependant, ce qu'ils signifient, platitude habituelle de nos propos et du style : on ne prononce bien certains mots graves qu'une ou deux fois dans la vie : « désespoir » par exemple a pour moi en ce moment tout son sens incommunicable. Où que je m'avance, mon pas résonne comme dans un tombeau, mais peut-être vaut-il mieux cette retraite qui a sa grandeur que la société de J. St. qui annoncerait ma déchéance. Paresseux royal qui ne s'est pas donné la peine d'être, pas même celle d'être à moi, comme il convenait, ou si rarement, si légèrement ! il tient que c'était là encore trop pour lui. Comme un feuillet de pain azyme ou une hostie transparente, *corpus Christi* sur le lit de roses écarlates qui rehaussent la blancheur de son épaule, dans ma mémoire il s'est endormi. Ou bien ses lettres se perdent, pour me confirmer dans le sentiment que Dieu isole certains hommes, tour à tour, absolument, pour se donner encore une fois le spectacle du torse fabuleux d'Adam, se retournant sur lui-même dans la première des Nuits.

Faiblesse tout d'un coup ; je vais lui écrire : « Je n'ai regretté qu'un seul de tes gestes, que tu n'aurais pas commis, si un témoin n'avait surgi entre nous. A cause de lui, parce que tu avais peur du ridicule, tu as tenu à être comique : comme si le Saint Sébastien de Raphaël interrompait sa noble agonie, pour nous faire une grimace. A ce moment, heureusement l'Ange, que je n'appelle jamais en vain, est venu m'envelopper de ses ailes et il m'a emporté, gardé, tu ne m'as pas revu, mais je n'ai pas quitté des yeux une seconde « l'Amour » qui a désormais ton âge, et ses flancs et sa poitrine la pâleur qui est la tienne. Si tu as besoin de moi un jour, n'importe lequel, à n'importe quelle heure, tardive ou matinale, demain ou dans dix ans ou après ma mort, appelle-moi. Je ne résisterai pas. Un cœur comme le mien ne se donne que pour toujours, une fois. — Je vous en veux, me répondit-il, d'une souffrance qui a un tour si net dans son expression. Ce silence m'a fait du bien : je vous oubliais complètement, quand vous vous enquérez de ma fièvre qui monte.

« Ma chambre s'est délestée : le plus gros de mes affaires a pris le chemin de la maison paternelle ; les barreaux du papier sont plus légers ; il y a des sourires entre eux : vos roses rouges ont duré assez longtemps : j'ai failli les peindre dans leur flétrissure, mais non, je les ai décidément plongées dans ma corbeille la queue en l'air.

« Avec le recul, dans notre amitié tout n'a été que monstrueux. Ce n'est que le « Monstre » en moi que vous aimez et j'ajouterais bien à votre poème, pour vous punir, une petite rivière de l'Ile-de-France qui me pacifierait un peu et vous ferait peut-être réfléchir.

« J'ai rencontré hier soir « le Visiteur Nocturne », tout de jais coiffé, un peu fatigué. Nous étions tous avec une barbe de deux jours, la Dame Polonaise en plongée dans des verres de fine. Un Monsieur très connu aux cheveux blancs accompagnait le Docteur. »

Et je suis revenu chez lui ce soir. L'entretien a d'abord été cordial ! Encore une fois, j'invitais quelqu'un à ne faire qu'un avec moi. L'événement était d'importance. Une pareille démarche de ma part ne se produit guère que tous les dix ans, et je ne suis plus jeune. Il me faut songer à mourir seul. Il proteste : « Quelle erreur sur toi-même ! Mais c'est toi qui es jeune, à ne pas le croire. Sans cesse autour de ma ceinture, devant moi, à mes côtés, à droite, à gauche, au-dessus, au-dessous, je te sens qui agis, même quand je ne te vois pas, qui voles, me survoles ou tu nages dans les profondeurs, cours, me poursuis, me lâches, me rattrapes, me retiens ou m'entraînes. Ta vitalité n'est pas celle d'un homme ; elle fait que tu es présent partout à la fois, comme si tu étais doué d'ubiquité, comme Dieu, comme les Anges. Mais ta délicatesse est surtout incomparable, irrésistible. Pas une seconde, tu ne m'as déçu, excepté sur un point. Quand mon garçon boucher lui-même ne manque pas d'arrogance, j'espérais trouver chez un homme de ta qualité un peu plus de morgue. » C'est à quoi il voulait en venir. Il n'a rien compris à mon drame : que ce n'est pas de cette sorte d'orgueil courant qu'il s'agit avec moi, mais d'une « inaccessibilité » universelle, bien plus inhumaine, un seul excepté et le seul, c'était lui ; avec lui seul, j'avais choisi de vivre de plain-pied, et il n'a pas reconnu le privilège, comme si je le frustrais, en le privant du spectacle de cette fierté dont on lui avait parlé, qu'il avait voulu voir de près, affronter, parce qu'on avait le droit de n'en attendre que de moi une pareille. Quand j'inventais justement pour lui seul cette merveille de simplicité sans faille, je ne dis pas sans faute, malgré mon horreur du théâtre, quand j'imaginais de faire de lui le Compagnon sans second de ma solitude entière, de ne sortir de mon nuage que devant lui, il regrette que je ne lui aie pas fait sentir davantage ma gloire, que j'aie refusé de l'en accabler, de l'étourdir de son bruit, de l'aveugler de ses rayons. O cette demi-heure étouffante alors dans l'étroite cellule, où rôdait je ne sais quelle odeur de Cadavre toujours autour de ce Corps splendide, que je ne désirais plus, que je ne croyais plus désirer et qui s'est dressé tout d'un coup tout d'une pièce, de toute sa hauteur devant moi. J'avais beau me faire petit ; de sa taille et de sa voix de géant, qui se cambrait l'une, se haussait l'autre à l'envi, il remplissait la soupente et plus je me faisais docile, plus son talon frappait impérieusement fort, à coups redoublés, le parquet à vif, tandis que sa griffe intérieure, dans le regard apparue, me labourait l'âme, déchirée de part en part. A la fin, je criai : « Sans doute ai-je dû faire un geste ou prononcer une parole indigne de toi ou de moi ? — Non. Encore une fois, puisque vous aimez à vous l'entendre dire, irréprochable vous êtes. — Avoue alors qu'il y a de toi à moi un parti pris, une antipathie, une hostilité irréductible. Qui sait ? Peut-être tu me détestes ? — Eh bien, oui, mieux vaut te le déclarer en face et tout de suite. — Jacques, Toi, tu me haïrais ? Tu me hais ? — Oui. » Il ne me restait qu'à m'enfuir, ce que je fis. Mais pourquoi, une heure plus tard, à l'angle de la rue de Rennes et du boulevard, a-t-il traversé mon chemin encore une fois ? Je l'évite, il me rejoint : « Que veux-tu de moi ? lui dis-je, ou plutôt peux-tu me faire connaître ce qui te déplaît en moi ? — La même chose qui m'attire, qui m'attache à tes pas en ce moment, mais parce qu'elle me force à me souvenir à chaque instant malgré toi de ma médiocrité devant elle, ta grandeur que j'aime, je ne peux pas en même temps la souffrir ni te la pardonner. A cause d'elle, en effet, je ne peux plus me supporter ; je ne peux pas plus supporter ta présence que m'en passer et je t'en veux de cette dépendance, de cette désaffection qui me jugent. — T'aurais-je humilié ? — Jamais. Si tu l'avais fait, je te comprendrais mieux. Entre nous il y aurait cette commune mesure que je cherche en vain. — Ne suis-je pas venu à toi pour te faire partager tout ce que je suis ? tout ce qui m'est propre, sans distinction et partager avec toi tout ce qui est tien ? Si j'ai la grandeur que tu dis, elle nous est commune et aussi ta misère, si tu es misérable. — Tu le vois bien. Encore maintenant tu m'éblouis, quand c'est t'éblouir à mon tour que je voudrais, mais tu ne m'en laisses pas le loisir. — La poésie, dont je m'enivre devant toi, est sans discrétion et de mauvaise qualité. Tu ne t'en es pas aperçu. Je vais inventer une autre musique, un sublime opposé, au moins différent, nouveau, plus austère. — Il s'agit bien de cela. — Je vais me faire trappiste. — Il n'en est pas question. — Tu veux peut-être que je m'avilisse, pour que tu aies l'occasion, le prétexte, le droit de me mépriser ? Ainsi tu seras content. J'y suis prêt. — Non, non. — J'ai trouvé, je t'ennuie ? — Marcel ! » Comme il se jetait dans des considérations vagues, je lançai : « Je ne suis pas devin. — Dommage pour nous deux. Je le croyais. — Tant pis ou tant mieux. Tu vois bien que je ne suis pas parfait, complet, je te le prouve sur l'heure. Mais tu me proposes des énigmes, quand moi, je te demande simplement, seulement, clairement, ce que tu veux de moi et tu es sûr, à n'en pas douter, que je suis disposé à me conformer, dans l'instant et à la lettre, à toutes tes exigences, voire à tes caprices, qui sont pour moi des ordres, des lois ; tu me sais voué à tout, mal ou bien, au meilleur et au pire, à ta fantaisie, selon que tu en auras décidé. Eh bien ! parle, commande. Sur un mot de toi je me perds ou je me sauve. De moi tu es le Maître, une seconde, et celui de mon Destin. J'obéirai. Je jure d'obéir ! » Alors son regard et sa voix m'ont abreuvé de délice. J'ai connu enfin « sa douceur ». Quelle douceur exquise que la douceur des Monstres !

Je devine parfois, au fil de mon regard, en remontant jusqu'à sa source, qui est aussi celle de mon sourire intérieur et de mes larmes, la présence de « quelque chose » d'indicible, d'inaliénable, mirage ou mystère ? qui me tiendrait lieu de tout, si je savais l'exalter ou ne pas cesser d'y être sensible, fidèle : m'en souvenir, comme d'une charmille d'orangers où éternellement le véritable Endymion dort.

De mon âme ou de mon corps, qui est le plus jeune ? Qu'est-ce qui en moi continue d'avoir vingt ans ? Seuls, l'amour et la religion maintiennent l'être ainsi hors des prises du temps, dans une sorte d'obstination immortelle, d'immutabilité. S'il y a un Dieu, et il y a un Dieu, Lui seul sait ce que j'aurais pu faire pour Lui et ce que j'ai fait pour J. St., qui n'est pas Dieu et dont j'avais fait mon Dieu. Pour lui, j'étais capable de tout et s'il n'y avait eu au monde qu'une goutte d' « Eau » pure, qu'elle fût dans le giron de l'Eternel : que J. St. désirât la boire ; pour étancher sa soif, d'un bond j'escaladais le Ciel ; encore maintenant ; mais ce ne serait peut-être plus que par habitude.

Plus libre suis, bien que plus enchaîné.
Amour m'a pris et ne sais que deviens
Je brûle encore et me veux consumé
Et ce m'est trop, ne me reste plus rien ;
De moi ne faut qu'hécatombe et misère.

Etrange impression, parce que j'ai pensé le présent au passé. Chemin, dis-moi ce qu'il faut que je fasse ? Abandonner ma maison, mon verger pour ce Désert ? Aimer : se déplacer allégrement, comme un Fantôme ou une Ombre, sans déranger personne ni renverser rien : une sorte de valse muette dont on disperse, en les décomposant, pour les masquer, les pas, sans perdre le rythme qui demeure dans le cœur : un secret, même pour soi, entre soi et soi.

Il m'arrive une lettre de lui datée de samedi, quatre heures, du matin : « Impossibilité où je suis de dormir : vous parler rend la tâche de l'éveil plus agréable ; plus sainte. Cher M., je commence maintenant seulement à respecter votre sentiment à mon égard et je pense qu'il faut me dégager du brouhaha, pour vous écouter et que vous viviez en moi calmement. En me dispersant comme je fais, j'empêche, fou que je suis, de naître l'harmonie qui peut-être ne pouvait s'établir qu'entre nous deux seuls. Je t'écris et c'est un peu comme si je priais. Cette semaine sera décisive. Paul me quitte le 28. Il va me manquer ; je le mangeais tous les soirs, comme la viande du désespoir. Si son train part la nuit, nous l'accompagnerons ensemble et nous boirons un verre ensuite. Cet instant nous rapprochera. Quant à Jean, rassurez-vous. Le même soir que vous l'avez vu, il est parti dans mes habits et il ne reparaîtra sans doute jamais.

« Je fais porter aujourd'hui « Le Prélat » chez vous. Je l'ai regardé une dernière fois et il ne m'a pas déçu, hideux et sublime. Ton affection pour moi puisse-t-elle te faire trouver l'ombre propice à son mystère, à sa souffrance et à sa beauté qui ne te sont pas étrangères.

Ton amour me parle, comme le Divin, quand la Ville dort. Merci de m'aimer ainsi. Parfois, je me vois si peu généreux avec toi, mais tu veux, n'est-ce pas ? que je sois, que je paraisse distrait, que je détourne un peu la tête ? Qu'importe ? En moi, tu as un secret que je ne connais pas moi-même, bien que peu à peu l'autel prenne conscience du Dieu qui l'habite. Ce renoncement qui est le tien, cette qualité de libellule qui est la tienne (tu te parfais chaque jour en moi) et ce spectacle, ta présence t'élèvent très tard dans la nuit au-dessus de mes misères. Quelque chose de changé : je comprends maintenant que tu n'es faible qu'avec moi, ce qui me permet de te donner maintenant la seule force dont tu aies besoin ; la tendresse d'un enfant qui lentement te pacifiera.

« Quel immense jardin entre nous ! mais quelle solitude, la mienne ! si tu te retires, si tu te reprends.

« Tu es la seule Folie qui ait épinglé ma folie au mur. Dans notre vie d'hommes, nous sommes deux. Entre les lignes je t'embrasse. »

Ne sommes-nous pas faits pour le bonheur ? Quand j'ai reçu cette lettre, j'ai poussé un cri, un cri déchirant, un cri de douleur. Tant de caresses à la fois me faisaient mal. Foulé, moulu, frappé de stupeur, je murmure des hymnes sans rapport avec ce que j'espérais qu'on éprouvât en pareille occasion. Face à face avec l'objet enfin conquis, possédé à force de patience, d'abnégation, surprise d'abord jusqu'à l'incrédulité, jusqu'au refus de l'impossible. On a beau faire : on n'éprouve rien : ni l'imagination ni les nerfs ne se prêtent à l'inhumaine magnificence de la joie, quand elle dépasse notre mesure, notre nature. On ne peut que défaillir dans une sorte de Vide sans nom. Cependant, je dois bien admettre le miracle, dont je suis l'auteur. Mon amour a été si fort, si entier, si absolu, si pur, qu'après m'avoir détaché de tous et de moi pour m'attacher à un seul, il a détaché aussi de tout et de soi-même son objet pour l'attacher à moi seul. Ma voix lui parvient et sa voix me parvient, sans que rien ni personne, en nous ni hors de nous, ne l'intercepte ni ne l'altère. Je ne m'adresse plus certes à une Idole de pierre. Je l'entends, il m'entend. O le déchirement merveilleux de la dualité ! Nous ne sommes qu'un. En moi, il vient d'entrer en coup de vent par tous mes pores à la fois et mon âme l'accueille dans un tumulte de grandes orgues. Je suis sensible enfin à son souffle et au battement de mon cœur. Le jour se lève, où je le verrai. Le jour ? il n'y a plus qu'un seul Jour pour l'éternité : c'est l'Eternel qui se lève entre lui et moi. En moi chantent une multitude d'oiseaux.

Je l'ai gagné, je crois, touché, mérité, quand je lui ai dit : « Vois-tu ? j'étais fait pour un autre destin : pour demeurer toute ma vie à genoux, immobile et muet devant l'image d'un Dieu, de Jésus-Christ sur la Croix : c'est à l'école de cette contemplation que j'ai été élevé, formé, nourri. Mon âme et ses amours en demeurent frappées, marquées : divins stigmates. L'Amour en moi, quel qu'il soit, quel que soit son objet, me rétablit d'emblée, de plein droit, dans cette attitude sommaire, essentielle et, quoi que je fasse, je cherche à travers tout ce que je vois « l'Objet » sublime de mon premier Regard. A travers toutes les franges soulevées, une à une, pour apercevoir un visage ou un corps humain, ce n'est que la nostalgie de l'Extase initiale qui me conduit, ce n'est que « Lui et Moi » que je cherche, la lumière secrète, privée, de « l'intimité » divine. Mais toi plus que nul autre tu m'as rendu tangible le souvenir ineffable de cette Présence.

Premier rêve : l'été dans une lumière d'aube nous courions lui et moi, sur les ruines merveilleuses du Parthénon et de Chartres conjuguées. Joie, un moment, de contempler, du haut d'une tour intacte une « Nuit » parfaite qui avait tout dérobé, excepté au milieu d'Elle un Lys géant merveilleux, éclairé par un rayon d'or.

Deuxième rêve : je l'entends d'ici éclater de

rire : on célébrait notre mariage. Sa robe était de satin blanc broché, des anglaises tombaient drues sur ses épaules de Dame aux Camélias. Ses yeux surtout, extraordinaires ; c'étaient les siens, mais énormes et montés, montés sur pilotis avec de hauts pavillons à franges d'or pour les abriter : ils ressemblaient, romantiques, moins à des yeux de vache, « Boôpis » qu'à ceux des girafes : à fleur de tête, si encombrants, ils faisaient paraître l'ovale du visage encore plus mince, étroit, fragile, impalpable comme une monnaie du Pape, un peu maquillée. Nous nous donnions le bras ; des angelots portaient sa traîne, soulevaient son voile, ornaient ses épaules et un animal qui devait être un singe, sur un plateau d'argent faisait sauter deux anneaux splendides. Autour de nous, le monde entier s'était rangé, formant la haie, en riant sympathiquement, à mesure que s'avançait le cortège et parmi les badauds je remarquai, très amusée, Elise.

Troisième rêve : je logeais dans une ferme aux airs de Palais-Royal et de boucherie, où circulaient des figures séculaires et arrivaient constamment des hôtes nouveaux. Un couple s'y était fixé au rez-de-chaussée dont les deux lits se regardaient. Le patron, luron invraisemblable, debout sur le seuil, invitait, sans distinction, tous les passants à s'asseoir à sa table, et comme je me reposais sous la treille de la porte, voilà que se présente une gaillarde, la face rubiconde et les yeux soulignés de traits de charbon, un carton à chapeau à la main, voile de tertiaire ballant. Dès l'abord, elle m'interpelle, comme une vieille connaissance, et nous croyons nous retrouver : gambades, entrechats de sa part, pirouettes, courbettes, elle fait la roue, interrompant ces jeux de mines de nonne, en proie à des visions ou à des transes que terminait un cantique bref ou une série d'oraisons jaculatoires mécaniques. On l'accueille en amie, comme tout le monde. Vient la nuit et se répand la rumeur d'une pièce monstre qu'on doit jouer aux Variétés, où paraîtront maints personnages d'un M. Godeau, dont on promène l'effigie. A ce nom, interloqué, je me contemple sur la claie d'une publicité dérisoire, exposé lâchement et sans défense à une familiarité universelle. Il s'agit bien là d'une revue, d'une charge qui se propose d'abuser de moi et de ce que j'aime. Tout d'un coup, en effet, la maison à l'envers ; il est minuit ; les bêtes même s'ébrouent et je vois, au milieu et au-dessus d'un peuple immense et étrangement pittoresque, dont je reconnais chaque visage pour une de mes créatures éclairées par un lampion, portée à bras d'hommes, comme une châsse qui s'ébranle ma propre image, telle que J. St. l'a peinte, avant de me connaître. Le départ de cette procession d'un caractère extavagant, d'une signification incertaine, en quête d'un destin, on n'eût su dire lequel ? tragique ou bouffon ? me bouleverse au point que je me réveille, avant d'avoir pu assister à la mise au pilori de mon portrait ou à ma propre apothéose.

Le lendemain, comme je rentrais chez moi, le Prélat annoncé m'accueille. Avec son autorité coutumière, Elise —, hommage de sa part grave et précieux, spontané, — s'était emparée de lui. En mon absence, elle avait bien essayé de le placer dans l'atelier, mais le vert du tableau sur le vert des murs ne lui avait pas semblé heureux. Pour ne pas la heurter, je n'ai rien dit. L'essentiel, c'était qu'elle fût favorable à l'œuvre et à son auteur et elle l'était à un point déconcertant. « Habile, ce qu'il a fait là, me dis-je avant leur entrevue de dimanche, et rien ne m'empêchera, chaque nuit, de descendre visiter mon portrait, un peu jaloux seulement de lui, qui a connu son amour pour moi, avant moi.

Le soir, nous recevions quelques amis, les meilleurs juges qu'on pût réunir pour déceler la présence d'un chef-d'œuvre, tous dans la plus complète ignorance de mes préoccupations privées. A leur arrivée, je me suis bien gardé d'attirer leur attention sur quoi que ce fût et les tableaux, les objets ne manquaient pas autour d'eux, mais chacun à son tour tout de suite est tombé en arrêt et avec un cri de saisissement devant « le Prélat » de J. St., au point d'oublier tout le reste et même nous, rejetés au second plan, comme si « le Prélat » eût été vraiment le maître de maison et les eût reçus à notre place. Entrés d'emblée en conversation avec lui devant nous, ils ne se souvenaient un moment de nous que pour nous parler de lui, tout entiers à leur découverte, vraiment fascinés. L'un d'eux, F., du métier, s'écriait le premier : « Il y a là quelque chose d'étranger à la peinture et qui évidemment la dépasse. » Gr. : « Vous voici un hôte de plus et de poids ; ce n'est pas un tableau, c'est quelqu'un. » Pour donner toute leur valeur aux portraits, il faut sans doute les dépayser ou les installer dans leur climat : « Jacques, lui ai-je écrit, après leur départ, je ne conterai pas les fêtes que je donne en l'honneur de ton légat ni les succès qu'il y obtient, pas plus que je ne te rapporterai les colloques secrets que nous avons, lui et moi, quand le monde nous a quittés et qu'Elise dort. La Flamme sacrée de notre amitié qui est une intelligence privée, que nous avons l'un de l'autre, étincelle sur son front. Ce Personnage, fabuleux et si réel, est vraiment le signe de notre alliance, il en est le lien et le lieu. Tu l'appelles ton Ami et il est peut-être mon Ame, qui te doit ce qu'il lui manquait d'apparence pour être visible. A le faire ce qu'il est nous avons travaillé tous les deux, aussi sourdement et aveuglément, nous approchant à travers lui l'un de l'autre jusqu'à ne faire qu'un en Lui. Non, personne aussi bien que toi n'a « vu » de ses yeux M. Godeau en personne : l'ironie et l'extase à ce point mariées au coin d'une bouche humaine et au fond d'un regard, où, dans une lumière surnaturelle, toutes disputes cessantes, on se demande qui est présent du Diable ou de Dieu ? Le brin de pourpre cardinalice qui orne sa houppelande est juste ce qu'il souhaitait de gloire. Comme tu as bien mesuré, à l'insolence de l'orgueil intime le plus démesuré, la discrétion de l'attitude, comprenant que l'humilité à partir d'un certain degré ne couvre et ne couve que les plus hautes ambitions surnaturelles. »

Il existe entre ceux qui s'aiment une sorte de langage privé qui n'a de sens que pour eux ; l'usage n'en est que plus doux, en présence d'un tiers, sans cesse empêché de comprendre.

Nous avons déjeuné ensemble, Elise, lui et moi. Difficile à tenir, mon rôle entre eux. Tout d'un coup, ils s'entendaient trop bien : leur conversation n'était qu'allusion perpétuelle à quelqu'un : de présent ou d'absent ? d'abstrait ou de réel ? comme à une cible virtuelle que je devais être, jamais désigné directement. Tous les sentiments que je leur inspire y passaient tour à tour, tous les coups portaient, comme si j'eusse assisté à leurs confidences mutuelles sur moi, caché derrière un voile, sans pouvoir le soulever, sinon au prix d'un danger mortel, chacun d'eux n'étant pour l'autre qu'un truchement, pour m'atteindre seul.

Un mot de lui qui me blessa à la volée : « que l'amitié n'est rien, en dehors de ce qu'elle a d'actuel. » Et plus tard, surpris la fronde en mains : « Quand on croit me tenir, on ne tient que mon gant. » Mais surtout pour finir cette horrible machine : qu'il n'a pas de mémoire. « C'est si commode et si effrayant, poursuivait-il, ce puits sans fond où l'on peut toujours tout jeter, où l'on ne retrouve jamais rien. Sans compter que Marcel peut me répéter chaque soir la même histoire, elle sera toujours nouvelle pour moi. »

Quand, de son côté, Elise affecte de proclamer très haut devant lui et devant moi que seule au monde, l'affection de son père N. compte pour elle, j'annonce ouvertement l'intention que j'ai pour ma part d'adopter un Fils et il comptera seul aussi pour moi. Oh, le bon sourire, entre elle et moi, du Fils !

Comme nous allons nous lever de table, je glisse une lettre sous une serviette : goût invétéré de toujours plus de risques. Pour ne pas voir, a-t-on détourné les yeux ? Elise est la seule femme peut-être, capable de se taire longtemps, mais si l'impudence ne lui a pas échappé, gare à nous !

Jacques a chargé de fleurs les bras d'Elise

et notre maison disparaît sous les bouquets : pieds d'alouette, coquelicots par-ci, marguerites par-là, si bien que je ne peux plus lever les yeux, sans rencontrer « les siens » parmi nos buissons domestiques.

Minuit : Seigneur, aide-moi à dormir, que j'oublie mon corps, mon visage, mon âme ; que j'entre dans cette paix qui surpasse tout sentiment ; que je me perde et Le trouve et Te trouve en lui ; que je ne me sache plus ; que je perde mon souvenir ; que je m'ignore enfin. Que je ne sache plus que lui, ma Nuit, et Toi, mon Sommeil et le Soleil de mon Sommeil.

Dieu avait besoin d'un complice et c'est lui qu'Il a choisi pour me troubler et faire que je me surpasse : du moment que l'Amour me tient, qui sait de quoi il s'agit, excepté Dieu ? Le jour se lève comme dans un Jardin fermé, interdit : c'est en moi que chante cette multitude d'oiseaux ?

Je sais maintenant qu'il est moins seul et je ne suis plus seul. Retournant le Ciel et la Terre, ses grandes mains cherchent les miennes. Une présence : lui dans ma vie avec moi ; moi dans sa vie avec lui : son âme change sans cesse d'aspect à mon regard, s'irise comme une agate, où j'aperçois, au centre, son corps, flamme intérieure, fleur nacrée. Tantôt familier, tantôt solennel, il emplit de son galbe le monde ou se réduit dans ma main aux proportions d'une bulle de savon : tour à tour « Tout » pour moi, ce soir un peu mon frère.

Il y a un âge pour renoncer bénévolement au plaisir. Est-il venu pour moi ? Parfois, je me dis : « Ainsi ce n'était que cela. » Et l'écrou aussitôt se resserre et me fait sentir les limites de ma prison : son étreinte pure.

Désespoir tout d'un coup : je regarde aux quatre coins de l'Univers et je « le » vois. Où est-il en ce moment ? Quelque chose d'essentiel à moi en moi a bougé, me fuit, le suit. Et me voilà deux fois seul, désert, vide absolument, abandonné non seulement de lui, mais de moi qui pars à sa recherche. Sans lui, je n'aurais pas connu pareille vacuité, la mesure de mon Abîme.

Du sentiment si humain que j'éprouve à l'amour divin, souvent je n'aperçois pas de différence ; je ne vois plus l'intervalle qui les sépare. L'un me conduit sans heurt à l'autre et presque sans transition, de degré en degré, naturellement, on passe de la nature à l'au-delà, au surnaturel. Est-ce parce que mon langage est pur et absolu ? Je ne sais plus parfois si je parle à mon ami ou à Mon Dieu, si j'aime ou si je prie.

L'amour est une religion royale, souhaitée, embrassée avec ferveur et dont je serais volontiers le martyr ; il nous pourvoit d'antennes qu'on croyait l'apanage exclusif des mages. Attentif à des rencontres qui ne sont pas contrôlables et fidèle à des rendez-vous que nous n'acceptons qu'en songe, il nous permet seul d'assister à des événements si subtils qu'ils échappent à tout regard mortel, à des aventures si lointaines que ne les perçoivent que les étoiles, à d'autres si intérieures à nous que Dieu les cache même à ses Anges et aux Démons.

Il est à ce point « moi », et moi « lui », que

je prends soin de mon corps jalousement, comme s'il était le sien et parfois je m'attendris sur mes mains comme sur deux fauvettes couturières qui broderaient sans cesse pour lui dans la Nuit une Robe d'or. Ses doigts ne l'ont jamais servi, effleuré, caressé, touché avec plus de respect et de délicatesse que les miens qui font de lui plus intégralement partie que de moi. Tout ce qui m'appartient je l'administre comme son bien, même mon ombre. L'un à l'autre, comme personne à personne. Tout est toujours trop, si ce n'est pas pour lui ; au contraire pour lui rien n'est jamais assez (institution d'une nouvelle économie). Tel qu'il est, quel qu'il soit, je n'ai pas d'autre patrie et quand on me demandera quelle est ma religion, je le nommerai.

Bonheur de n'avoir pas dormi du soir au matin. Mes lèvres savourent leur soif, qui me fait vivre, autant qu'elle m'approche de la mort. Désir laboure son Désert et de quelques larmes jaillies par surprise naît l'oasis. Ah ! cette flamme qui tremble au fond de mes yeux fermés : un instant moins brûlante, mais suis-je plus heureux, quand elle me dévore ou quand elle se relâche? Si je préfère sa douceur ou sa cruauté, je l'ignore, comme une lame lancinante sans cesse transpercerait mon cœur. O élancements délicieux de ma blessure ! O l'ineffable brûlure !

Je me félicite de connaître encore la passion, qui me fait passer de la vie à la mort si allégrement, de moi à lui, de lui à moi, d'instant en instant, sans plus savoir lequel je suis ; à chaque minute entre nous deux j'oscille, de l'incertitude du lieu où il est à la fixité de ma présence dans cette chambre abstraite où je demeure. Inlassablement je le poursuis, sans quitter ma place et cette chasse est si peu vaine qu'un moment je le rejoins en effet et le touche où il me plaît, au bon endroit, dans un rêve qui, à peine me suis-je endormi, me réveille encore, de peur qu'à croire le posséder, je l'oublie.

Somptueux bougre, dont la tristesse et la paresse incurables sont l'aliment de ma joie et de mon activité incessantes, ne t'amènerai-je pas lentement à les partager ?

Sans doute faut-il que nous aimions, pour nous sentir à ce point dépaysés partout, partout perdus ? A la recherche de ma droite je tourne sur moi-même en plein ciel. Plus de commune mesure avec soi-même ni avec Dieu, avec personne, avec rien ; seulement avec « un autre » que son propre mouvement anime et emporte au loin, sans qu'on puisse le rejoindre, ni le retenir, ni renoncer à le poursuivre.

« Jacques, mon Orient et mon Occident, mon Septentrion et mon Midi ; toutes les figures des constellations et du Zodiaque sont gravées sur tes membres, pour m'aider à me retrouver avec toi hors de l'Espace et du Temps abolis. »

Du moment qu'il m'accueille, je ne suis plus séparé de rien, ni de personne, ni de moi : j'ai enfin gagné le Centre, pour moi et en moi, de toutes choses et de moi-même, de ma sphère intérieure et essentielle, de mon Univers privé. Doué d'ubiquité, j'ai conquis ma part dans l'infini et dans l'éternel.

Au réveil, imprévue et étouffante confession d'Elise : elle a aimé quelqu'un, m'avoue-t-elle, au point d'avoir songé à me quitter et à s'enfuir avec lui, et l'affection qu'elle a vouée au Père N. serait faite surtout de sa reconnaissance : il l'a retenue au bord de l'abîme. Ainsi, ce drame a eu lieu en ma présence et j'en ai subi les heurts, sans croire à sa gravité ni à son existence ; elle aurait pu perdre son Dieu et se perdre et m'abandonner ? Devant ma surprise, elle m'a tenu des propos sublimes qui m'éclairent sur moi : qu'on ne « voit » pas ce qu'on aime, qu'on « voit » autre chose ou « quelqu'un d'autre » qu'on est seul à voir, que Dieu sait, qui explique et excuse tout ; que là où les autres n'aperçoivent qu'une forme banale ou parfois abjecte, on contemple une forme « glorieuse » quel que soit l'objet de la passion, du moment qu'on aime ; qu'ainsi on est pleinement justifié, qu'on n'a de comptes à rendre à personne, tout le temps qu'on demeure dans cette illusion, dans cette sorte d'extase ; mais que tout d'un coup on cesse d'être aveuglé par cette lumière intérieure, par sa propre lumière qu'on projette sur l'autre et dont on l'embrase et qui le transfigure, à l'heure la journée, avec folle dépense, on tombe de si haut et dans de telles ténèbres qu'on en pourrait mourir de déception, de dégoût ; que pour elle, si elle avait succombé, avant d'être désabusée,

désabusée, elle se serait tuée sur-le-champ.

Je me représente cette époque déjà lointaine ; je revois « l'ours blanc » qui nous fréquentait et je les imagine ensemble, partis ensemble. Trois jours plus tard, j'apprenais qu'elle n'était plus et lui s'enfermait dans une Trappe. Ni la religion, ni la théologie à haute dose ne nous préservent donc de nous-mêmes ; elles colorent seulement nos dangers d'une horreur sacrilège et, en les aggravant, ne nous rendent que plus suspects, plus coupables et plus malheureux.

Mais pourquoi m'avoir fait cette confidence aujourd'hui, comme pour m'enlever ce qu'il me reste de forces, au moment où j'en ai le plus besoin, mes scrupules tout d'un coup diminués.

Les Z. sont venus nous voir avec un petit air de supériorité comme qui sait quelque chose, dont vous ne pouvez pas vous faire honneur.

Eux, qui se récrient d'admiration devant la première toile venue, du moment qu'elle est signée d'un nom à la mode, ils refusent dès l'entrée de jeter les yeux sur le tableau de J. St. ; avant de l'avoir vu, leur opinion est faite.

Etrange humanité qui ne s'accorde aucun répit : tous les deux, ils font l'éloge d'une jeune femme, comme d'une sorte de grand homme de Plutarque, sans reproche, sans compromission et d'une sévérité extrême avec ses amis, ne leur permettant pas plus qu'à elle-même la moindre faiblesse : on sait ce que cela veut dire. L'héroïne vient de mourir, après avoir, on s'en porte garant, transfiguré en séraphin un homme aussi épais que B., son mari.

Je ne comprends rien à la tristesse particulière qui suit leur départ, comme si j'avais sans cesse devant les yeux, marquant la place des crocs de Minos dans le cœur de la perruche, deux gouttes de sang sur le ciel d'une robe.

Nouveaux aveux d'Elise : elle avait convié hier son ami, de R., et ils sont allés ensemble au Petit-Palais : comme si elle me signait une licence pour la grande folie qui va suivre.

C'est ce soir, en effet, que je dîne en garçon avec J. St. et P. H.

Démoralisé, j'aurais besoin de m'appuyer au passé, de sentir au moins un peu de sécurité autour de moi, la présence de l'ordre à la maison et je suis sûr maintenant de n'avoir pas tenu et de ne pas tenir auprès d'Elise la place même que je croyais, je ne dis pas celle à laquelle j'ai droit.

A midi, dans la perspective de mon absence pour le dîner, scène terrible.

Je n'avais ni mangé ni bu depuis la veille,

mais jamais je n'ai eu, comme ce jour-là, l'impression de chausser des bottes de sept lieues. Une flèche dans le cœur et une seconde flèche qui me dansait dans l'œil, courais-je à mon plaisir ou à ma vengeance ? J'abhorrais à ce point, un moment, le gouffre que ma femme représente à mon côté, que je croyais n'avoir plus rien en moi de disponible pour rien ni pour personne d'autre : « Ma force, vite, que je rassemble toute ma force, mais contre Elle. Tu vois, tu la hais tellement que tu ne penses plus qu'à Elle et à lui seulement parce qu'en face d'Elle, il te permet pour la première fois de ne plus te sentir, de ne plus te croire, de ne plus être seul. Ainsi, c'est Elle qui t'a conduit à ne plus envisager ce garçon sous l'angle de ta faiblesse, mais de ta force, et en même temps il a cessé d'occuper le premier plan, il ne s'agit plus de lui d'abord. »

Garde, gardons nos énergies pour le cinquième acte. Ce soir, je veux, avant de retomber ou pour ne plus retomber jamais entre les griffes de ma Harpie, être, être pleinement, être pleinement moi, libre, heureux. Nanti demain de cette expérience de la liberté, du bonheur, pourquoi ne serais-je pas capable de corriger mon Destin ? de renoncer à l'Enfer conjugal ? Se conduire noblement, c'est simplement ne pas tricher avec les conséquences et, ce qui me distingue, ce n'est peut-être que le tragique de mes mouvements, de mes moindres gestes, le sentiment que j'ai que l'actuel fait sans cesse et à mesure contrepoids à l'éternité : ainsi on ne néglige aucune splendeur, si modeste qu'on soit, revêtu d'une majesté solennelle. Déjà, au milieu des conversations que le hasard ou mon état m'imposent, j'interromps mes propos, pour m'entretenir avec moi-même et ces apartés créent chez mes interlocuteurs une sorte de panique : on me regarde gravement avec une sollicitude inquiète, mêlée de tendresse, en attendant que la rafale intérieure passe, un doigt déjà sur la sonnette d'alarme.

Je n'ose pas toucher à cette « Nuit », l'évoquer. Ma pensée l'évite, frappée sur le seuil d'une sorte de terreur sacrée. Gloser sur elle ? comment le pourrais-je ? Tout ce qui s'y rapporte en moi est séparé de moi par une zone de silence que je ne franchis qu'en tremblant.

O « Nuit », sertie au milieu de moi comme un diamant, ô « Nuit », enfermée en moi comme dans une cassette d'or une précieuse image de lumière et de ténèbres dont chaque détail, d'autant plus qu'il raconte et comble à jamais dans ce qu'il a d'essentiel mon Désir, m'est présent et en même temps comme interdit.

Les faits : Elise et moi fâchés, je vais prendre possession, rue S. B., de mon exemplaire justificatif *de l'Abjection* et je rejoins J. St. et P. H. Nous dînons à Montmartre, au milieu du chœur de tous mes ennemis connus, et nous allons rendre visite dans un bar ensuite à G. R., un garçon de Chaminadour, qui a été mon ami d'enfance et qui par miracle est aujourd'hui l'ami de J. St. O l'étrange témoin ! A minuit, départ du train de Varsovie, où monte P. H., pour y aller mourir deux mois plus tard pendant le siège. Et J. St. et moi, nous redescendons calmement à pied les Boulevards, non sans faire halte trois fois. Sur l'écume légère du Néant, nous dansions, et le désespoir, de seconde en seconde, m'éclairait de sa gifle cinglante. Enfin, nous arrivons rue Monsieur-le-Prince ; devant sa porte, J. St., longtemps, hésite à me laisser entrer, mais nous nous engouffrons ensemble dans les ténèbres du couloir, nous prenons l'escalier à tâtons. Je suis dans sa chambre, d'où je ne sortirai qu'au petit jour.

A la maison, je retrouve Elise debout ; d'angoisse elle n'a pas dormi, ameutant tour à tour autour d'elle toute la maison et toute la ville, nos amis, la famille de J. St. et jusqu'à la police, qui est à ma recherche.

Tranquillité absolue après le péché : Aucun remords, aucune honte, mais je ne sais pas encore si c'est malgré le péché ou parce que j'ai péché ou parce que j'ai péché pour la dernière fois : une extrême « joie » intérieure, comme un chant que rien ne couvre ni n'altère, pas même les criailleries d'Elise ni tout le bruit du déshonneur. Peut-être, parce que justement pour la dernière fois j'ai pu sans péché, sans faute, je veux dire sans mensonge, être heureux, être moi-même, « être » en toute simplicité. Trop de délicatesse aussi bien, de pudeur, de beauté morale enveloppait cette chute, pour qu'elle ne fût pas davantage une exaltation : quelle marge de renoncement, quel détachement absolu encadrait, auréolait nos nudités ! L'amour à ce degré change la nature du mal, le transfigure ; j'examine mon crime, je n'y trouve rien à reprendre, aucune faille, rien que de vrai, de bon et de beau, rien qui ne soit digne de moi, et dans notre dialogue, et dans la suite de nos gestes, comme des gestes d'arbres, lents et fatals, au paroxysme de l'intimité.

De retour de ce long voyage parmi les astres, où l'on a perdu la terre de vue et du même coup sa femme, sa maison et peut-être pour toujours la vue de Dieu, où l'on a perdu en même temps que son poids, la tête, le sens des directions et, un moment, sa conscience et la vie, la mémoire et le sentiment de toute présence ailleurs que dans son rêve, tout contact désormais avec la réalité et tout contrôle sur ses sens : on est damné, tant mieux ! au prix d'une telle conquête.

Depuis que je connaissais J. St. nous n'avions pu être seuls ensemble, excepté cette nuit, entre la Vie et la Mort, l'Enfer et le Ciel, affranchis de toute nécessité et de tous devoirs.

Peu à peu, cependant, devant les violences d'Elise et le désarroi de toutes choses autour de nous, je commence à me rendre compte de la gravité de ma position que je suis bien déterminé à ne pas abandonner, à ne pas renier non plus : qu'Elise me quitte ou bien je partirai. Au fort d'une dispute, devant mon flegme ou ma résolution, elle s'écrie : « Il faut que tu me haïsses pour avoir consenti à me faire, je ne dis pas cet affront, cette peine. » La nuance me touche au vif. Je réponds : « Si grand qu'il soit, j'échangerais volontiers mon tourment pour le tien. — Ainsi tu souffres à ce point, me dit-elle et tu ne le dis pas ? Tu as besoin de secours et tu ne m'appelles pas ? Mais qui suis-je donc pour toi ? Du moment que tu es malheureux, je ne pars plus, je reste pour te consoler, peut-être pour te sauver ? »

Alors, mon visage s'écroula, pour ainsi dire, devant elle : je lui laissai voir en moi je ne sais quoi, qui n'était peut-être pas « la vérité ». Etais-je délivré ou venais-je de me livrer ou de livrer J. St. ?

Jamais je crois n'avoir versé plus de larmes qu'à cette minute, ni de plus brûlantes ni de plus lourdes et qui m'aveuglaient et qui m'assourdissaient. Comme je venais de m'étendre sur le dos en effet, elles descendaient le long de mes tempes et m'emplissaient les oreilles d'une sorte de tumulte.

Je me sentais pris au piège : impossible désormais d'en sortir : imbroglio, méprise, quiproquo sans fin, équivoque. A moins de tout rompre volontairement, il suffisait, pour ne pas tout perdre, d'être habile, ce que la passion ne souffre à aucun degré. En moi, tout signifiait que je ne me possédais plus : le reflet ou l'ombre de quelqu'un se projetaient sans cesse sur ma face, traversaient mes gestes : que mon regard se mît à briller ou s'éteignît, la lumière en était trop vive ou les ténèbres trop noires, pour qu'elles pussent échapper à l'attention d'une femme, à qui l'excès même de tout ce que je ressentais annonçait l'importance de sa défaite, quand tout autour de moi lui désignait son vainqueur. Il m'aurait fallu être capable de duplicité, pour garder mon trouble secret, au moins lui en cacher la cause. En les lui dénonçant, j'allais jeter l'objet de mes soins en proie à sa haine, qui grandirait jusqu'à devenir meurtrière. Etait-ce le comble du hasard ou le Diable en personne, avec la permission de la Providence, qui, profitant d'une défaillance de ma volonté, venait de porter la plus grande confusion dans nos rapports, comme si nos jeux avaient été brouillés par une maligne Main. Parce que je m'étais attendri sur elle au cours de nos propos, Elise m'avait cru susceptible de remords, elle me tenait pour entièrement et définitivement détaché de J. St. et revenu à elle, quand il n'en était rien en vérité. Déjà, elle chantait pouilles à l'ennemi et parlait de réunir autour de moi les témoins de sa victoire : que la présence de la passion ravive tout ce qui l'approche, j'étais bien obligé de m'en apercevoir. Depuis que j'aimais quelqu'un d'autre, je recommençais d'exister pour Elle, pour ma femme : elle me découvrait de nouveau et se découvrait pour moi un incomparable amour ; elle prenait peu à peu ou avait subitement pris conscience de ce qu'elle appelait « son bonheur », « son bonheur avec moi », elle prenait conscience d'un bonheur qu'elle n'avait peut-être jamais su ni moi que je lui donnais, qu'elle ignorait elle-même, avant qu'il fût menacé et qu'elle se déclarait prête à défendre par tous les moyens, par le fer et par le feu, contre celui-là même qui lui en avait révélé l'existence, en prétendant l'anéantir ? Seulement était-ce du « bonheur conjugal » qu'il s'agissait, dans ce qu'il comporte ou suppose de préjugé millénaire ? ou bien d'une fiction à elle ? peut-être d'une réalité ? De tout cela et davantage sans doute, aussi d'instant en instant un frisson de volupté traversait mes larmes : c'est que la dispute d'Elise et de J. St. me rendait précieux mon cœur. Que je voudrais avoir gardé dans ma mémoire tout ce que nous nous sommes dit de rare ce jour-là, elle à moi surtout ; par exemple que cette aventure était nécessaire, qu'elle avait été bonne, parce qu'elle nous avait fait renoncer l'un devant l'autre à nos rancunes, à nos amours-propres, à tant de distances et de silences accumulés entre nous depuis des années et qui nous séparaient plus que tout au monde. « Il me semble maintenant que tu n'as plus d'orgueil et que j'ai perdu le mien. » Encore : « Il n'y a que toi que je pouvais aimer, s'écriait-elle, parce que même dans tes erreurs, surtout dans tes péchés, tu ne ressembles à personne et je suis seule à savoir à quel point tu es seul de ton espèce. » Enfin : « C'est aujourd'hui seulement que je suis sûre de ce que Marie me répète sans cesse, que mon être et le tien, que ton nom et le mien, rien ne peut plus ni en ce monde ni dans l'autre les séparer. »

Quand le Père N. arrive, j'ai l'impression

d'avoir traversé un incendie ou plutôt c'est comme si dans ma tête s'était produit un court-circuit : tout y est brûlé, ravagé. Deux êtres me hantent, c'est tout ce que je sais : Elle qui est présente et que j'ai peine à voir et à entendre, bien que son amour m'intéresse et Celui qui est absent, que je vois sans cesse et que j'entends, seul : il faut qu'Elise et moi, nous évitions la moindre allusion à ce qui existe : un mot maladroit peut tout gâter. Sans doute elle souffre, mais, moi aussi, je souffre. Sa situation est intolérable : à me sentir occupé devant elle d'une passion dont elle n'est pas l'objet, bien plus dont l'objet lui est odieux, quand elle est ma femme, c'est à la rendre folle à la fin. Mais, tout pénétré que je suis de ce qu'il y a là de violent pour elle, comment pour ma part consentir à m'évader de « l'Enfer merveilleux » que nous avons partagé, J. St. et moi ; ou bien, si Dieu l'emporte, qu'Il nous rétablisse l'un et l'autre dans son Amour ; que le Paradis ne nous sépare pas ou comment serait-ce le Paradis ?

Certes, je n'éprouve aucune horreur du mal, peut-être seulement une vue plus nette d'une de ses conséquences : le désordre. De la passion, je suis trop près, je ne peux pas la renier pour tout ce qu'elle comporte de sublime, qui m'est rappelé à chaque seconde et me rend témoignage en sa faveur.

Au Père, j'explique qu'il n'y a pour moi aucune différence entre la grandeur de celui qui aime Dieu et la grandeur de celui qui aime n'importe qui, à partir d'une certaine exigence envers soi-même universelle ; du moment qu'exclusif et absolu, on ne garde rien pour soi, que tout est donné, que personne plus ne compte, excepté « un seul être » et Dieu même en fonction de lui. On aime alors si haut qu'on en oublie son corps, le temps. Ces limites franchies, le sentiment improvise toutes les vertus ; on est pauvre jusqu'à la nudité, humble jusqu'à l'anéantissement, pur jusqu'à l'oubli de toute nourriture et au seul appétit d'une consomption, d'une contemplation voisine de l'extase : tous les événements du dehors, sans peine ramenés à leur juste importance qui est celle de rien, et la Vie intérieure d'emblée rétablie dans sa majesté entière, comparable à celle d'un temple, édifié autour d'une seule Image rayonnante. Il n'y aurait d'erreur que dans le choix de l' « Objet » qui assiste à une fête pareille qui lui est donnée, sans pouvoir se l'expliquer ni la justifier, mais on ne choisit pas d'être ému ni par qui on doit l'être et c'est là le plus grand mystère : de qui ou de quoi dépend cette Election ? Je m'attends déjà au reproche d'idolâtrie ; mais faut-il s'entendre d'abord sur la Dignité de l'Ame et du Corps, de tout l'Homme que j'ai peut-être sentie mieux que personne (c'est pourquoi le passage de l'amour humain à l'amour divin me semble plus qu'à un autre naturel) : « Non, poursuivais-je, il est impossible que Dieu regarde l'Amour avec nos yeux sévères, qu'il ne soit pas le complice des Pauvres, des Humbles, des Illuminés que sont ceux qui aiment. » Et le Père, ému, presque gagné, en s'éloignant, honnête, célèbre la magie propre à de certains êtres et qui imprègne, décore, éclaire, transpose toutes leurs paroles : il suffit qu'ils prononcent tel mot d'un usage courant, pour qu'on ne l'entende pas, sans être bouleversé : qu'y ont-ils ajouté d'eux-mêmes ? Sous le signe commun à tous a palpité une seconde quelque chose qui n'appartient qu'à eux : comme le miroitement d'une paillette d'or. Une nuance ou l'intensité de leur vie intime expliquent-elles seules ces mirages ou ces prestiges ? La qualité de l'accent y a moins de part que celle de leur être : sa singularité :

c'est pour la même raison que leur geste, leur regard et quelquefois l'expression de leur visage fascinent, hallucinent. « De même, achève-t-il, et c'est là qu'est la merveille des merveilles, de même que Dieu est « un Etre » unique vivant et réel, indéfinissable, dont *la quiddité* échappe même aux théologiens, chaque homme est une sorte de « Singulier », d'unité absolue, incompréhensible même à lui-même, celle-ci moins signifiante, celle-là glorieuse presque absolument ». Par là le Père avait voulu reconnaître que ma manière de présenter « la Passion » l'avait saisi à ce point d'étonnement que devant l'absence en elle de toute faute et de toute mesure, de toute imperfection, il avait été tenté, oubliant le péché, d'admirer une fois le Mal.

Encouragé par sa faiblesse, je m'écriais le lendemain devant lui : « Qu'importe d'être, si l'on est sans amour et de n'être pas coupable, si l'on ne vit plus. » Mais alors, il revint sur ses pas : « Halte-là ! Monsieur. Vous êtes dans l'erreur sur tout ce qui regarde la Morale. Vous la bafouez, comme si elle n'était qu'une convention. S'il s'agit de la coutume, de nos préjugés, s'il ne s'agit que de « la Loi écrite », je la veux bien moquer avec vous. Mais pour « la Loi » véritable, pour « La Loi Eternelle » qui ne prétend que nous conserver « notre être » dans sa force, dans son intégrité, dans son harmonie avec l' « Etre absolu », je ne vous suivrai pas, si vous la méconnaissez. Celle-ci n'a de raison d'être que parce qu'elle nous préserve du Néant : le mal qu'elle vous défend n'est qu'absence de vous-même, c'est contre le non-être qu'elle vous prévient. Et quand vous vous inscrivez contre Elle, c'est à votre anéantissement que vous souscrivez, c'est à être affaibli, diminué que vous consentez. Sans le savoir tout à fait, ni le vouloir, c'est la Majesté, la Royauté de votre Personne qui abdique : c'est à un empire qui vous est propre que vous renoncez. Le mot « faute » n'a pas d'autre sens, ni celui de « défaut », que « manque ». Vous me dites : qu'importe d'être pur, si je ne vis plus ? Voilà le préjugé qui vous perd : vous pensez que la pureté est la mort, quand votre impureté n'a de vie, de beauté et de dignité (j'en appelle à votre vocabulaire même et à la poésie qui vous est personnelle) que dans la mesure où elle imite la pureté. — Ainsi, mon Père, ne serions-nous pas d'accord ? Quand vous voulez m'éloigner de la passion, si c'est la passion qui me maintient dans la seule « pureté » dont je suis capable, n'est-ce pas en vous résistant, la « pureté » en moi que je défends ? Supprimez en effet la passion et je retombe mécaniquement dans le vice. Je ne préconise l'utilité, la nécessité de la passion que parce que seule, elle me permet de me dépasser, de me surpasser, parce que seule, elle m'installe de plain-pied et tout d'un coup, dans « l'héroïsme », dans le Sublime. — Vous voulez dire dans la fatalité, dans le danger, dans une suite de conséquences, qui sont le contraire du libre arbitre et par les étapes du désordre, où je vous retrouverai bientôt, vous acheminent lentement vers le Malheur et tout d'un coup vous précipiteront peut-être un jour à la Damnation. »

Après le départ du Père, je me rétracte en moi-même, je corrige mes aveux, je les regrette : qu'était ce désordre dont il avait parlé ? Qu'avait-il de si grave ? Qu'y avait-il de si fâcheux après tout à déranger « un ordre » lui-même aussi artificiel, factice, misérable que « l'ordre conjugal » ? Toute la nuit je me reprochai surtout d'avoir calomnié dans mon dernier livre l'homosexualité, qui ne conduit pas nécessairement à l'abjection, du moment que le sentiment y a part. Faiblesse d'avoir souffert qu'on me crût « désespéré », quand je venais justement de tout obtenir de « l'Objet de mon amour » et son amour même. Etait-ce, n'était-ce pas une comédie que j'avais jouée à tout le monde, à Elise, au Père, à moi, et si bien jouée que j'en étais ma propre dupe ? Encore, j'hésitais à m'admettre dans ma confidence. Autrefois j'aurais cru pécher, en agissant comme j'avais fait d'instinct, depuis la veille et comme je continuais d'agir, depuis que je voyais clair dans mon jeu : peu importait que tout le monde fût trompé, si j'avais sauvé l'essentiel et si tout rentrait dans l'ordre ? Une voix : « Dans l'ordre apparemment ; pour combien de temps ? » Nous ne pouvions plus être seuls ensemble, Dieu, ma femme et moi, depuis que je connaissais J. St. ; mais lui et moi seuls. Au hasard de nos débats, de nos disputes, en n'acceptant pas de la quitter, je venais de repriser, de rapiécer « le Mensonge » avec lequel la veille par surprise j'avais rompu si hardiment.

Que j'aime tous les sentiers qui se croisent au carrefour de mon cœur ! Un moment Elise s'est écriée : « Mais, mon Père, si je n'étais pas là, ce serait la cour de Socrate autour de lui. » Sans doute le Père a-t-il pensé, en toute probité, que Xantippe plus revêche, était moins tyrannique. A peine celui-ci parti, d'ailleurs,

Elise consent à se faire plus généreuse : — Puisque de nous deux, me dit-elle, tu prétends que c'est moi que J. St. préfère, je vais l'inviter un de ces dimanches à déjeuner sur l'herbe et je le prêcherai et le convertirai. » Nous ai-je sauvés ? Ai-je sauvegardé mon intimité avec elle ? Non, c'est impossible, incompatible. Il est trop tard : je mens, je mens désormais à tout le monde, car j'ai beau dire, je n'aime que lui, je n'aimerai que lui. Il est « le génie », « le démon » de ma vie souterraine, secrète, le seul roi de mes abîmes, de mes Enfers privés. Et rien ne m'intéresse que ce qui se passe autour de « lui », dans ce retrait.

Qu'il arrive quelque chose, quoi que ce soit, mais le revoir, dussé-je briser ce front dur de Méduse attentive, qui me guette, prête à me terroriser. De quoi ai-je peur ? Tragédie. Non, je ne veux pas que la fin de mon séjour dans l'impasse où je suis ne soit pas prochaine, fût-elle tragique : et s'il y a du bouc et du sang dans ce mot, si c'est un sacrifice et sanglant que veut le sort, je ne le refuse pas. Après avoir mêlé notre sang sur la pierre de nos corps, nous avons dormi ensemble dans les bras l'un de l'autre : et cette heure de sommeil scelle entre nous une alliance que les gens éveillés ne soupçonnent pas à ce point sourde, profonde, irrévocable.

Elise, le soir, me dit que « le Charme » qui nous mène à la mort est gratuit, qu'il n'est rien que ce que nous l'avons fait nous-même, mais que peut-être à partir d'un moment donné, nous ne sommes plus libres de le défaire. Si J. St. a désenchanté en moi tout ce qui n'est pas lui, c'est ma faute, mais peut-être en suis-je arrivé à ce point de ma passion, où il ne m'est plus possible de vivre sans lui, sans mourir. S'il a désenchanté à mes yeux jusqu'à ma propre vie, jusqu'à ma personne, qu'importe moi, pourvu qu'il existe ; parce qu'il est ce que je l'ai fait, je n'ai plus de raison d'être sans lui. Qu'importe que je ne sois plus, du moment que je ne peux plus être avec lui. Si ce n'est plus que par lui et pour lui que je suis, ce n'est plus « moi » que je suis. Je n'ai plus de moi que le nôtre, que le sien à défendre.

Je l'ai revu. Du moment qu'il compte à ce

point pour moi, il sait toujours à peu près où je suis dans l'espace, mais moi je ne sais jamais où il est tout à fait, comme si je courais sans cesse le monde, à la recherche de quelqu'un, même quand je suis avec lui : je cours après ma jeunesse. Je lui dis : « Tu ne peux pas savoir et ce n'est pas moi qui te dirai ce qui s'est passé en moi et autour de moi, cette semaine. — Pourquoi regretter, m'interrompt-il, qu'il demeure quelque mystère entre nous ? En admettant que, toi, tu aies fait, il y a longtemps, le tour de moi ; de toi moi, non certes ; tu es trop grand pour que ce voyage me soit de longtemps permis. » Et c'est au moment de cet aveu d'une humilité charmante que je crois bien l'avoir rejoint, saisi, étreint, ma Jeunesse ! Plus tard : « Ainsi il était écrit que le chemin de mon Ame et de mon Corps, pour mon salut ou ma perte, passerait par la rue des Ciseaux, l'escalier de la rue Monsieur-le-Prince et ta pauvre soupente. » Lui : « Des années je me suis forcé à y rester, parce que j'étais sûr, je savais, quelque chose m'annonçait que là un jour viendrait me visiter dirai-je le Prince Charmant ou le Prince des Ténèbres ? Il y a de l'un et de l'autre en toi. » Comment renoncer à ce Conte doré, à cette Légende et l'obliger à y renoncer ? « De tous ceux que j'ai rencontrés, qui m'ont connu, poursuit-il, aucun ne l'a fait avec plus de grâce à la fois et de magnificence que toi, et j'en voulais parfois, avant son départ, à Paul R., dont la présence et les propos sans fin chaque soir m'empêchaient de sentir le grain d'encens que je portais sur mon cœur dans nos promenades : ta dernière lettre de chaque matin. » Enfin : « Parfois, je songerais bien à prendre Dieu dans ma vie avec moi, mais non, à quoi bon ? tout le monde m'aime, et tu m'aimes, toi. J'attendrai d'être malheureux, que tu m'abandonnes. » Donc, il est heureux et je suis pour quelque chose dans son bonheur ; je l'aime, il m'aime ; bien plus, je tiens dans sa vie la place de Dieu, une place que seul, Dieu, si je m'en allais de lui, pourrait combler. Je n'ai plus rien à désirer. Et cependant, il ajoute : « Je ne t'ai jamais parlé de mon vrai drame : le voici : c'est que tous ces êtres, dont tu es plus ou moins jaloux, que tu me vois sans cesse approcher, je tourne bien autour d'eux, je ne peux plus les atteindre, je ne peux plus, exilé dans une sorte de nuage imperméable, rejoindre tout à fait rien de réel : est-ce pour avoir abusé des artifices ou parce que je t'ai connu : je vis, séparé du monde à la fois et de moi, dans une sorte de marge incolore, dans des sortes de Limbes. Mon âme et l'âme de tous les hommes, mon corps et leurs corps ne me sont plus sensibles, je veux dire, ne sont plus à la portée de mes yeux, de mon odorat, de mes mains, de ma conscience. Mes yeux ne sont plus tout à fait des yeux de ce monde, mon toucher surtout est altéré. Je ne vois, n'entends, ne respire et ne touche que dans un songe et ce n'est que toi que j'y rencontre, toi que j'ai appelé, quand je n'en pouvais plus. Tu as fait ce miracle de me rendre mes sens, de raviver mon goût, de ranimer les papilles de mes doigts, de me ressusciter en ta présence continuelle, par quel Mirage ?

Dès la porte, J. P. qui est venu nous voir veut que *le Prélat* soit mon portrait. J'ai beau protester ; rien n'y fait, rien ne le fera revenir sur son impression, pas même la présence d'Elise, devant laquelle il ne cesse de répéter « le portrait de Marcel », par-ci, « le portrait de M. Godeau » par-là. Et quand je lui fais remarquer que cette peinture a été réalisée, il y a dix ans, alors que l'auteur que je ne connais que depuis quelques mois ne m'avait jamais vu, il s'entête, renchérit : « Tu n'étais pas marié alors ? Tu habitais boulevard de Grenelle ? Mais, c'est bien ainsi que je t'ai surpris une ou deux fois à cette époque près de ta cheminée ? » Et sa voix et ses yeux plus que ses paroles me donnent à entendre que je ressemblais dans ce temps, trait pour trait, à cette figure brûlante et solitaire. Je lui conte alors comment, depuis l'entrée dans notre maison de ce portrait, si ressemblant à son gré, si vivant et peut-être agissant après tout, le trouble s'y installe avec lui. J. P. me presse alors, avec une certaine ironie, de songer à arrêter ce Personnage. Il précise, à encadrer la toile : « Tu ne vois pas, poursuit-il, comme le soufre qui s'en échappe se répand partout. Je le retrouve sur tes mains, sur ton front. Mais le rayonnement de ce tableau est-il seul responsable des perturbations de ta vie ? — Non. Il y a aussi la présence du peintre, auprès de qui j'ai retrouvé, avec le spectre de ma jeunesse, l'ombre d'un grenier, l'ignorance aussi des limites qui séparent le jour de la nuit et, par-dessus tout, précieuse à l'homme occupé que je suis, l'obstination lancinante, inlassable et lente à poursuivre ses buts qui fait le charme du Paresseux. » Mais, comme Elise reparaît juste à ce moment, je note avec émotion ses propos : comme si elle tenait plus que moi encore à ce monument de sa détresse, à en exalter la gloire, elle admire sans ambages, ouvertement, spontanément, l'œuvre de J. St. devant nous et à constater la sérénité qu'elle apporte à en reconnaître les mérites, j'en arrive à me demander si elle ne s'est pas réconciliée dans son cœur avec mon cœur : plus aucune trace de jalousie, je me félicite de ma tactique. D'écrire le même soir à J. St. : « Quelqu'un m'apporte ce matin un vieil ivoire de l'époque alexandrine : comme je t'ai vu l'autre Nuit, il représente un garçon nu, est-ce ton image ou le prolongement de ta présence ? Il résume à merveille le cycle de nos jeux qui prennent leur forme définitive et immobile dans cet « Apollon foudroyé ».

La période critique peut-être commence ? « L'Objet », qui a glissé à peine, s'éloigne peu à peu du centre de l'âme. Il a suffi d'écrire et de se voir moins souvent. La passion fera-t-elle encore long feu ? Oui, si elle éclaire autre chose que des ruines, s'il reste quelque chose à brûler. Mais c'est ici que se place la grande erreur de J. St. Peut-être pour m'étonner, par vanité ;

pour ne pas admettre à mes yeux la plus petite défaite et, en la circonstance, que la sympathie pour lui de ma femme l'a emporté en elle sur la jalousie qu'il lui inspirait, ne décide-t-il pas, sans me consulter, d'ouvrir sur l'avenir une perspective nouvelle, désespérée, imprudente mortellement : il lui écrit pour l'inviter à déjeuner seule avec lui. A la vue de l'écriture (j'étais présent), Elise comme une petite fille, se met à sangloter : parce que dans cette hardiesse elle a cru éprouver confusément qu'il se devine le plus fort, plus fort qu'elle, elle s'écrie : « Ainsi, il ose, il ose, le monstre, mais pour qu'il ose cela, il faut qu'il se croie, qu'il soit capable de tout. » Une grande mélancolie s'ensuit qui enveloppe son visage et je me serre longtemps sans contrainte tout près d'elle, sans m'éloigner de lui, avec une terrible impression d'être à la fin de cette histoire le Diable en personne, à cause de mon détachement subit et d'une curiosité cynique.

Bientôt, elle se parle à elle-même et je l'entends se dire, elle habituellement si énergique, si puissante, invincible : « Eh bien, voilà qui est simple. Je n'en peux plus. Pourquoi lutter ? Et tout d'un coup, comme glacée d'effroi, par une sorte d'épouvante surnaturelle : « J'ai peur... On me poursuit. Je me sens poursuivie, nuit, jour, sans arrêt. Je croyais l'avoir chassé de ton cœur, au moins de notre commerce. Il reparaît sans cesse. Hier, je t'ai soupçonné de l'avoir vu ; ce matin cette lettre à laquelle je dois répondre ? Il s'accroche : il ne veut pas lâcher sa proie. Tout est magie dans ce garçon et cette machine infernale qu'il a déposée chez nous, ce tableau que je suis obligée de regarder, et toi aussi, chaque fois que nous sortons ou que nous entrons chez nous ? il nous envoûte. Autrefois, tu avais la Duchesse et ses objets maléfiques pour te perdre ; maintenant, c'est lui. » Un long silence et elle se redresse : « Mais, puisque je veux répondre, que ce soit au moins tout de suite. » Elle saisit le téléphone. Un échange de propos brefs. Elle se tourne vers moi : « Sans doute, je n'aurais pas dû donner dans ce piège. Maintenant que faire ? l'engagement est pris. J'ai si bien reconnu, quand il a compris que c'était moi, comme un triomphe dans sa voix qui me nommait avec affectation. Il me semble maintenant que je suis impure, que je voudrais qu'on me bénît, comme si je venais de parler avec un Démon, qui a entrepris de nous désunir, qui veut peut-être nous perdre l'un et l'autre. Si encore, je lui avais parlé pour la dernière fois, mais non. Je viens par faiblesse de prendre avec lui rendez-vous. »

Après leur déjeuner, elle ne cherche qu'à le diminuer à mes yeux : « Je n'ai trouvé qu'un pauvre Israélite qui avait mal partout, même à son pantalon, et je le crois aussi ignorant que moi, mais ce que je lui pardonne le moins et à toi, c'est qu'il se permette et que tu lui permettes de parler de toi, comme de son semblable ou de son égal : un homme de ton âge et de ta valeur ! Sais-tu qu'il te désigne par ton prénom, même quand il s'adresse à moi : c'est un manque de tact et il disait « nous » sans cesse et avec ostentation, en parlant de toi et de lui devant moi, rejetée toute seule dehors : quelle promiscuité pour toi ! et quel cynisme de sa part : je préfère ma solitude. Il affirme des choses de toi qui supposent entre vous la dernière familiarité, par exemple, que tu n'as plus besoin de Dieu, pour en avoir abusé : Monsieur le Docteur, voilà ce que pense de vous votre disciple préféré. Il y a mieux : n'a-t-il pas prétendu un moment qu'il n'avait jamais rencontré une femme que malgré lui, malgré elle, il ne l'ait sur l'heure conquise. Elise, pour tout aveu, lui aurait lancé : — Eh bien ! je me tâte, j'ai beau faire. Pas moi. Cependant, je ne peux pas nier qu'en moi la Femme s'intéresse à vous, émue de pitié par l'avorton que vous êtes, qu'elle voudrait peut-être achever de mettre au monde ou par le coq de Barbarie qu'elle rêve de ramener à la dignité de son sexe. » Depuis, attaques sourdes, incessantes, constantes contre un vice qu'elle humilie et nomme outrageusement. S'il est le mien, il n'y aurait que la douceur et une espèce de générosité, d'indulgence, au moins de compréhension discrète, de sa part, sans l'ombre d'une complaisance, qui pourrait m'aider à me vaincre.

Au cours d'une visite du Père, elle s'abandonne devant nous à un développement lyrique et mystique sur « l'Homme-Fleur » ; elle entend par là l'homme chaste et sage que son confesseur à ses yeux représente et c'est lui qu'elle déclare ouvertement devant lui et devant moi préférer à tous les êtres et à moi : comment le souffre-t-il ? Dans ces déclarations publiques, il y aurait bien un rien de simpliste et d'insupportable, et matière à vaudeville, si la passion ne couvait furtive çà et là sous le propos et ne menaçait sans cesse, à la faveur de l'événement, de nous jeter tous, tout vifs et tout de suite, tout d'un coup dans la fournaise, en pleine tragédie.

Je me tais, en attendant l'heure propice, mais mon cœur devant le Père, une fois seul avec lui, aux sarcasmes d'Elise répond qu'un charme surpasse en moi la morale en efficacité pour transposer sans effort, sans cesse et à mesure tout ce que j'éprouve, abolissant jusqu'à l'ombre d'une impureté ; que le vice, je l'ai connu peut-être, jusqu'à ce que j'aime ; que, du moment que j'aime, il n'est plus question de vice, et que je suis peut-être, aussi bien que lui, un « Homme-Fleur » ; qu'aussi bien que la religion, l'amour me délivre de toute vilenie, de toute médiocrité et de toute prudence, de tout mal ; que si mon sentiment n'a que peu de rapport avec « l'objet » qui l'inspire, mais seulement avec le trouble et la générosité qu'il comporte, ceux qui veulent mon salut sont dans l'erreur, quand ils ne songent qu'à le ruiner, sans se rendre compte que c'est à ce que j'ai de meilleur en moi, à ce qui m'exalte et à ce qui m'élève qu'ils ont déclaré la guerre ; qu'en réalité ce n'est pas contre mon vice qu'ils se liguent, mais avec mon vice contre l'amour qui seul pouvait me permettre de triompher de moi, comme s'ils me rejetaient systématiquement et de parti pris encore une fois dans la fosse, dans l'abjection, quand j'allais peut-être m'établir enfin, sans le vouloir ni savoir seulement comme elle se nomme, par un merveilleux détour, par un tour de passe-passe à moi ou, en prenant un chemin enchanté, dans la vertu même.

Personne, excepté moi, en effet, ne sait que l'amour est un élixir qui me rend léger à en perdre mon poids, déjà si infime : que l'émoi qu'il crée laisse loin derrière lui le plaisir. Amant, je ne suis plus qu'une ombre : seul, de chair en moi, demeure mon cœur : certes si j'avais connu plus tôt J. St., je n'aurais pas connu l'abjection. Du moment qu'il y a l'enthousiasme, il n'y a plus rien de vil. Même s'il eût été pire, ce garçon (n'était la paix de mon Elise), je donnerais le reste de mes jours, pour éclater encore une fois de rire ou en sanglots dans son grenier.

Cinq ans, Elise m'avait laissé seul, sans un regard ni une attention, toute à la dévotion et à ses moines, et tout d'un coup parce que je m'avise de ne plus être heureux en cachette, au petit bonheur, à la petite semaine, parce que je m'avise d'avoir un ami, comme elle a un Ami, d'avoir un fils comme elle a un Père, on se souvient que j'existe, pour m'en séparer. Elise, qui se soucie autant de moi que d'un étranger, depuis qu'elle a fait connaissance de Dieu, et ses Moines mêmes, qui m'ont pris ma femme, se liguent avec elle au moins pour m'interdire de le voir ; elle parle de ses droits sur moi et ils la soutiennent dans ses prétentions et je dois pour être agréable et à Elle et à eux, renoncer à l'amitié et réintégrer mon vice anonyme et clandestin.

La vérité est la vérité et je la connais : Elise est la seule femme de ma vie, elle est ma femme ; je lui ai donné mon nom, mon corps, mon âme et mes biens. Elle garde mon nom et mes biens : de mon corps et de mon âme elle n'a cure. Alors, que pouvait lui faire cette « Idole » qui ornait, en la peuplant, la solitude, où elle me laisse ? Comme elle a son Dieu, j'avais le mien. Et que lui prenait-il de moi ? Même pas cette part qu'elle a depuis longtemps mise en vacances. Parce que j'aime et qu'on m'aime, il faut que mon ami périsse ou que je lui dise adieu : Je n'ai pas le droit de n'être pas seul. Avec elle en effet je suis seul, non tant parce que je le veux qu'elle qui n'est pas seule avec moi, puisqu'elle a son Dieu et ses clercs.

Le 7 juillet à Montmartre, où j'attends Jean B. pour dîner, je vois arriver J. St. accompagné d'un homme de couleur, si compromettant que pour la première fois je dois lui refuser quelque chose : impossible d'imposer à Jean B. la société de cet inconnu. Un dissentiment grave, le premier, s'ensuit entre J. St. et moi et le lendemain je reçois cette lettre : « Jamais personne ne m'a fait délirer comme vous. Depuis vingt-quatre heures, nous nous attendons. Atroce combat, où l'imbécile n'est pas celui qu'on pense. L'actualité, le Journal te vaincront (tout vaincu), mais tu les tiens si, d'un mot, tu fleuris ta table. Un enfant mourait cette nuit, à minuit, sur un banc, à Montmartre, la bouche ouverte, comme une sardine apeurée. Pour avoir été trop généreux avec le Mal, sa mission était remplie. Tu ne semblais plus le comprendre. » Je lui réponds : « Dans l'étendue de cette Croix que dessinent, si étroite qu'elle soit dans le temps et l'espace et pour l'éternité, mon corps et mon âme, je ne suis qu'à toi qui peux seul me rendre heureux ou malheureux, maître même de ma mort, que tu m'y conduises par les voies de la douceur ou de la dureté. Non, je ne t'oublierai jamais, entrant dans ce café avec, à ta remorque, cette divinité fallacieuse, au visage d'ivoire bruni, couronné de grappes violettes et nue dans son collier de turquoise. « L'imbécile ? » Moi sans doute qui ne sais pas te prendre à force de précautions, mais loin de toi, je ne suis nulle part ailleurs que là où tu es et toi où je suis. « L'actualité ? » Veux-tu dire que tes extravagances quotidiennes me lasseront ou que tu es las de l'absolu que je te propose ? « Un enfant mourait sur un banc à Montmartre, la bouche ouverte, comme une sardine apeurée. » Toi ? était-ce toi, mon amour ? mon amour, ma vie, mon Jacques, une sardine ? Il me semble te voir, te reconnaître sous cette image modeste, adorable et désolée. Que s'est-il passé ? Que puis-je pour toi ? que voulais-tu de moi ? Tu sais bien qu'il n'est rien que je ne sache te refuser qu'une fois. Depuis que je t'ai vu t'assombrir vendredi, je connais de secondes ténèbres. N'était besoin que de me parler à l'oreille. Mais ce juge imprévu entre nous, Jean B., et le pittoresque de ta proie m'enfermaient dans une sorte d'étau, d'où je ne pouvais, médusé, sortir pour faire un geste, ni prononcer une parole. « Sa faute ? d'avoir été trop généreux avec le Mal » peut-être ai-je été lâche ce soir-là, quand je n'ai jamais davantage confondu les limites de mon destin avec celles de ta présence et de notre amour ? »

Dès huit heures du matin, le mercredi 12, nous déjeunons ensemble cordialement, Elise et moi, et je prends le métro. Place de la Concorde monte dans mon compartiment, par hasard, ce Maltais, l'homme de couleur que m'avait présenté J. St., quatre jours plus tôt : il s'appuie à une colonne blanche, tout de blanc vêtu, saint Sébastien ou Adonis ? debout devant moi qui suis assis à ses pieds et comme j'affecte de ne pas le voir, il me paraît de plus en plus criblé de flèches, son visage doré pantelant, la bouche douloureuse, mais sur le point de descendre, à l'Odéon, je lui souffle, en passant, à l'oreille, un mot aimable qui le fait s'épanouir aussitôt. Quelle coïncidence étrange ! ce rappel de nos fêtes le matin de la catastrophe, cette présence du dieu, comme une enluminure initiale !

Jean-Louis D. avait déploré quelques semaines plus tôt devant moi mon mariage et souhaité cyniquement pour mon bien la mort d'Elise. A peine ai-je fait quelques pas dans la rue, je le rencontre. Lui aussi devait défiler dans cette parade monstre, à la barre du Jour Maudit.

Neuf heures et demie, j'arrive chez J. St., que je trouve endormi. Douceur ineffable et pureté de nos propos : charme inhumain de cette visite qui sera la dernière que j'aie faite rue Monsieur-le-Prince.

Dix heures et demie, mon service *de l'Abjection.*

Une heure, mon retour à la maison, où je retrouve Elise bouleversée. En mon absence, quelqu'un d'inconnu, prétend-elle, a téléphoné, pour la mettre en garde contre ma liaison avec J. St., qu'on lui présente comme particulièrement grave, sans précédent, impossible à rompre désormais, assez forte pour nous séparer, elle et moi, plus dangereuse qu'il n'était besoin pour me perdre. On a même agité le spectre d'un complot, dont J. St. ne serait pas seulement l'âme inconsciente, mais lucide et active et qui viserait à rien de moins qu'à me déshonorer d'abord et à me faire disparaître.

Je demeure sceptique et badin, l'ironie me

permettant des jeux plus libres. Enfin, je suis dur ? A je ne sais quel tournant de notre dispute, je m'enferme dans l'Atelier, où je me crois chez moi et j'y demeure longtemps, inexorable, inabordable. A travers la porte, Elise tour à tour parlemente, invective et c'est seulement quand elle m'entreprend sur le chapitre du vice que je consens à lever les barricades et le masque, pour lui décocher en face : « Eh bien ! oui, c'est vrai, il y a cette grande famille des Monstres, à laquelle j'appartenais, mais, cela t'étonnera peut-être, je ne trouve plus trace de mal ni rien d'impur dans ce que j'éprouve, depuis que je connais J. St., parce que je l'aime. » Alors, c'est juste à ce moment qu'elle s'est dressée, comme toute une autre, comme une, dix, cent, mille Furies exaspérées : « Ce que je voulais savoir, s'écrie-t-elle, maintenant je le sais et je le sais de ta bouche ; ce qui existe entre vous, c'est la passion. Eh bien ! il est condamné et c'est toi-même qui viens de le condamner à mort. De ce pas, je vais chez lui et je le tuerai. » La folie du meurtre venait de s'emparer de son cerveau : elle cherche d'abord une arme et un couteau à découper, tout luisant neuf, d'un demi-mètre de long qui se trouvait dans un tiroir de la cuisine a surgi dans sa main droite, comme une épine ou une griffe terrible qui ne la quittera plus. Une heure durant, Huguette, la petite servante, et moi, nous la maintenons enfermée avec nous dans sa chambre. Un moment, je m'évanouis à moitié, elle ne s'en aperçoit pas. Pour elle plus rien n'existe, ni personne, elle n'est plus elle-même, elle n'est plus que son « Idée » fixe : « Je sais, murmure-t-elle, je sais maintenant que l'Enfer existe : c'est quand on a renoncé à tout sur la Terre comme au Ciel, excepté à sa haine. Quelle douleur, mais quelle joie aussi ! Quelle honte, aussi quelle gloire ! Oh ! l'air glorieux de qui a tout quitté, pour tuer. C'est fait maintenant, j'ai choisi. Il n'y a plus de salut ni pour lui ni pour moi. Je l'ai condamné et je me suis condamnée avec lui. » Plus tard : « Dieu, mon Dieu, je vous aimais bien pourtant : je vous aimais encore bien ce matin ; maintenant, c'est fini. Ce matin, encore, j'ai prié. Je ne prierai plus jamais. Désormais criminelle, c'est un Assassin que je suis ; c'est un Assassin que cet homme qui est là et qui me regarde aura fait de moi ; c'est pour cela que je suis venue dans sa vie. Comme si j'avais tué déjà, puisque je vais, puisque je veux tuer quelqu'un et que rien ni personne ne m'en empêchera plus, devrais-je fouiller la Terre entière et résister aux Anges ; bientôt vous vous lasserez de me retenir et je partirai à sa recherche et je le trouverai et quand je l'aurai trouvé, je frapperai au bon endroit et fort ». Il y avait une si grande énergie dans ses paroles, une telle résolution, quelque chose de si décidé dans son geste, dans son attitude une telle autorité presque surnaturelle et son regard visait si juste, dans l'ombre, la petite place fatale, choisie, arrêtée, marquée par le sort de toute éternité que sa victime surgissait vraiment devant ses yeux et qu'avec elle, elle nous obligeait à la voir, on la voyait. De temps en temps, pour amuser son impatience ou pour s'exercer, un genou en terre, elle dressait la pointe de son couteau et la dirigeait dans le vide exactement là, où elle trouvait pour elle le fantôme de J. St. et de bas en haut l'arme cheminait à la hauteur de l'aine. « Puisque vous-même, je vous ai bravé, mon Dieu, non, rien ne m'arrêtera plus. Je suis perdue et il est perdu. Il faut qu'il le soit et il ne peut l'être qu'avec moi et par moi. » Sans cesse, elle répétait, en passant sa main sur son front, comme une folle : « Ma raison est dépassée. » Mais, tout d'un coup, se rappelle-t-elle que j'existe ? Elle m'interpelle, en ricanant : « Ah, tu ne me reconnais plus ? tu croyais me connaître, tu croyais toujours pouvoir me convaincre, me berner impunément ? Non, je ne suis plus quelqu'un, que tu aies connu. Je préfère maintenant à tout, à toi et à moi ma haine. Elle seule est pure. Elle seule nous délivre de nous-même. Toi, cela ne te concerne plus. Il ne s'agit plus de toi. Tu n'es plus pour rien dans ce drame. Ce n'est plus affaire qu'entre l'Autre et moi, mais ce que je peux te dire, à toi, c'est que, de ta vie, tu ne le reverras vivant, qu'il ne te regardera plus avec ses yeux de poisson. » Et considérant sans doute sur mon visage l'angoisse, le désespoir qui s'y peignent au gré de ses paroles, attendrie tout d'un coup : « Pauvre chéri, qui vas me détester. » Cependant, comme j'ai peine à rassembler mes forces, elle profite d'une défaillance de la petite, ouvre la fenêtre d'où elle va se précipiter, l'arme à la ceinture, comptant sur sa souplesse et sa science de l'acrobatie pour nous échapper. Il s'agit de sauter du premier étage et de se retrouver sauve dans la rue : elle y est prête, mais nous avons le temps et l'énergie une fois de plus de la retenir : « Qu'importe ? j'attendrai, me dit-elle. A l'instant, ce soir ou demain ou après, c'est pareil. »

Narquoise et menaçante : « Ah, il a voulu toucher à toi et à travers toi m'atteindre. Il va voir ce que cela coûte, ce que cela va lui en coûter. La dernière étreinte qu'il connaîtra, ce sera la mienne, le dernier baiser, le mien ; son dernier regard, ses dernières paroles seront pour moi. Je les prélève pour ma part, pour ma récompense. Je me les réserve. Tu ne les connaîtras pas, jamais. C'est moi qui jouirai de lui la dernière, toute seule, et c'est comme si c'était fait. Déjà, j'entends son cri de grande bête déchirée sous la caresse de ma lame. Je ne peux le supporter vivant ; je ne le vois, je ne le souffre que mort. Sa sentence est là ; écrite dans ma tête. » De plus en plus étroite, une intimité de rapace, dont elle affectait de me bannir s'établissait, se refermait sous mes yeux entre Elle et Lui : le plus passionné, le plus farouche, le plus exclusif des couples : c'était le leur. Le plus irrévocable des mariages, c'était entre eux qu'il se scellait, dans le sang et les larmes devant moi et peut-être, bien que ma douleur trop vive ne me permît pas de m'en rendre compte, à la fin un frisson de jalousie courut-il sur ma chair, traversant l'horreur qu'elle m'inspirait, quand elle gémit, hallucinée et hagarde : « Enfin, je ne vois plus que son ventre blême, je l'atteins, je le touche : c'est mon horizon unique, étroit, étouffant que je dois transpercer, que je pourfends sans cesse, pour pouvoir vite reprendre haleine, encore une fois respirer librement, pendant que ses entrailles se déroulent à mes pieds, comme un bouquet de rubans de toutes les couleurs, toutes chaudes, bouillantes, fumantes ». Enivrée par cette suite d'images, qui l'hallucinent (devant sa résolution immuable et son exaspération croissante, nos forces et notre confiance diminuant), elle venait de me renverser et déjà elle me marchait sur le corps. J'avais renoncé à la lutte. A quoi bon lutter contre la Fatalité ? Maintenant, debout devant la porte, vite elle traversait le Jardin et nous l'apercevions dans le chemin, les cheveux épars sur son dos ; la poignée de l'arme d'acier brillait sur sa robe de laine verte, que dissimulait mal un manteau de cuir.

Malgré mon trouble, j'ai la présence d'esprit de demander par téléphone à la mère de J. St. d'éloigner son fils, au Père N. de venir en hâte et quand je crois n'avoir plus qu'à m'en remettre à la Providence ou au Destin, je demeure immobile auprès d'une photographie de ma mère. Le portrait du *Prélat* a été emporté par mes soins dans la maison voisine, où je l'espère en sécurité.

Ce qui armait son bras ? l'amour ? la jalousie ? l'amour-propre blessé ? la politique aussi peut-être. Que J. St. fût juif avait son importance pour elle : en lui, c'est Israël un peu qu'elle visait. En le frappant, elle espérait déchaîner un scandale qui éclabousserait la colonie entière. A cette résolution héroïque, le théâtre auquel elle n'a pas cessé d'appartenir, bien qu'elle l'eût volontairement quitté, n'était pas étranger. A quel personnage songeait-elle, sans vouloir imiter personne ? Personnage elle-même, elle n'avait que faire de modèle ; elle ne se travestissait pas à ses yeux en Judith, en Jeanne d'Arc, en Charlotte Corday, mais c'est à cette famille de lionnes qu'elle s'apparentait. Son caractère lui suffisait pour créer sa tragédie ; elle ne jouait pas, elle ; elle vivait ; elle n'imitait âme qui vive ; elle improvisait, elle improvisait chacune de ses paroles, elle inventait chacun de ses gestes, chacune de ses attitudes à mesure ; elle n'avait pas appris un rôle. Une prédisposition à la manie aidant, favorisée par des troubles propres à son âge, sa religion et l'hystérie, tout contribuait à la rendre pathétique, inspirée et sans doute elle apercevait dans ce crime confusément une occasion pour elle de finir en beauté, dans une sorte d'apothéose, où la femme et sa coquetterie trouveraient leur compte, en même temps que sa grande affection pour le Père N., qu'elle attacherait, pour l'éternité, étonné par elle, à son char sanglant, le sublime de leur côté, l'odieux du mien.

Quatre heures. Elle revient, auréolée de la même lumière sinistre, portée par une violence accrue, encore plus farouche, de se voir frustrée, irritée surtout contre moi qu'elle soupçonne d'être intervenu à temps, pour lui dérober sa proie. Il s'en est fallu de quelques minutes, en effet, qu'elle surprît J. St. sans défense dans sa chambre et à quelques secondes près, ils se rencontraient sur le seuil de son hôtel. Cette cible manquée cependant, elle en cherche une autre qu'elle atteindra de suite. Le rythme puissant de son âme obstinée, le bruit feutré de ses pas lourds d'animal furtif qui va et vient dans la maison, à la merci de sa logique précise et cruelle, y répand la terreur. Elle a fouillé le pavillon, elle parcourt toutes les chambres de l'immeuble voisin dont nous disposons et elle y découvre enfin sa cachette (je n'avais pas cru devoir l'éloigner davantage ; il me semblait hors de ses prises, parce que je l'avais seulement changé de place et dissimulé dans un placard sous un châle) elle y découvre le *Prélat* et déjà elle l'a frappé de son couteau, dans les yeux d'abord ; dans la bouche elle enfonce l'arme et la promène, lacère le visage, puis le corps. En un instant, elle a tout détruit, il ne reste de l'œuvre que miettes. Pour autant, elle n'a pas renoncé à tuer aussi l'auteur. Le sacrifice de l'effigie, d'une « Image », si unique et précieuse qu'elle fût, n'a pas suffi à sa colère. Elle s'enferme chez elle, en attendant le moment propice, les ténèbres sans doute, pour partir de nouveau, en quête de l'homme.

Un moment, la sonnerie du téléphone s'est fait entendre. Nous nous retrouvons, elle et moi, devant l'appareil et comme j'ai saisi le premier le récepteur et que j'entends la voix de J. St., je ne peux que rester muet. Que lui dire, qui n'exaspérerait son bourreau davantage ? Devant mon silence et à l'altération de mon visage qu'elle observe, mauvaise, de tout près, elle devine la présence de ce qui l'intéresse le plus au monde et déjà elle m'a remplacé, l'injure et le défi aux lèvres.

A cinq heures, le Père N. arrive. Longtemps, Elise a refusé de le recevoir, mais plus entêté qu'elle, la porte de sa chambre entrouverte sous un vain prétexte, il réussit à s'y glisser. Plus tard, je le verrai apparaître seul, tout de blanc vêtu, dans l'Atelier, pour m'arracher solennellement le serment de ne pas donner signe de vie à J. St. et de ne plus le revoir de ma vie. A ce prix il espère désarmer le bras d'Elise.

Scène entre Elle et le Père N. :

— Mon Père, non, je ne prierai pas. Maintenant personne n'a plus la moindre autorité sur moi, pas même vous. Seule, « mon Idée ».

Il lui prend la main gauche (l'autre n'étant pas libre), pour l'obliger à se mettre à genoux. Elle lui résiste avec insolence.

— Depuis deux mois, lui dit-elle, Dieu me préparait. Il m'a peu à peu détachée de tout et purifiée. J'étais ce matin encore à deux doigts de vouloir être une Sainte. Et ce soir, je vais tuer, je vais tuer quelqu'un. Ainsi, c'est à cela que Dieu me destinait. C'est ce destin qui m'était réservé, à moi (elle se nomme, en se donnant son nom de théâtre).

— Dites : Notre Père qui êtes aux Cieux.

— Non, je ne peux pas, je ne peux plus, je ne suis plus capable, je ne suis plus digne de l'appeler « Père » et je ne le veux pas. Sa rigueur avec moi me confond. Comment m'aimerait-il, s'il se sert de moi, pour accomplir cette vilaine besogne, bien qu'il sache qu'il ne pourra plus m'aimer après. Pour qu'il m'ait jetée dans cette nécessité, c'est qu'il ne m'aimait pas dès le commencement. On me dira peut-être qu'il m'a justement choisie, à cause de mon courage qui me désignait et que ma haine, toute haine qu'elle est, n'est qu'une bonne violence et l'instrument de sa Justice, que je lui obéis, en haïssant, en haïssant le Mal, au point de vouloir l'extirper jusque dans sa racine, mais non, je sais bien, moi, que je hais trop pour mon compte, pour me souvenir de la part de Dieu dans ma haine. Bien plus, je hais tellement que je ne veux rien, absolument rien lui en céder, j'en suis jalouse, entendez-vous, de ma haine, elle est toute à moi. Alors, comment m'aimerait-il ? Je ne suis que haine. Il n'y a plus de différence entre elle et moi. Ma haine et moi, nous ne faisons qu'un pour toujours. Je suis damnée.

— Du calme, ma fille, s'il est permis d'invoquer le Calme si près de la Tempête, sans leur faire injure à l'une et à l'autre, je gage au contraire que jamais vous n'avez été plus près de Dieu, qui s'est lui-même appelé un Dieu de colère, que jamais plus qu'en ce moment Il ne vous aima, que jamais vous n'avez été plus pure, que jamais vous ne lui avez davantage ressemblé. Vous n'avez, certes, rien voulu ni mérité de tout ce qui se passe autour de vous, ni en vous, pas plus que Lui le Mal. Et s'il n'en est pas le seul responsable, Dieu est l'auteur de l'Enfer.

— Mais, mon Père, vous-même, en me voyant serrer ce couteau qui fait partie de moi maintenant, qui est inséparable de ma Main Droite, vous me méprisez, je vous fais horreur.

— Me faire horreur ? vous mépriser ? Vous voulez dire sans doute que de toute ma vie de prêtre, déjà longue et si riche en expérience je n'ai jamais eu l'occasion d'admirer quelqu'un d'aussi près, autant que vous en ce moment, de contempler face à face un être que Dieu ait placé tout d'un coup dans une telle solitude, sur une hauteur si escarpée, inaccessible, désolée, aride, où vous demeurez privée et comblée à la fois d'autant de ténèbres obscures que d'aveuglante lumière, aux prises avec des circonstances plus rares, plus graves, plus tragiques ? Savez-vous, mon enfant, que c'est vous au contraire qui me faites connaître une certaine grandeur humaine que sans vous il ne m'était pas permis de soupçonner. Aussi devinez quelle est ma reconnaissance envers vous qui me révélez une dimension de notre cœur... Mais voyons, maintenant que nous nous comprenons, priez avec moi. Voyez, regardez-moi, je suis venu au-devant de votre âme. Ne me laissez pas seul à genoux.

— Non.

— Mon enfant, ma fille, maintenant, maintenant que vous me connaissez, maintenant que je vous connais, regardez-moi, ce n'est plus devant Dieu que je suis à genoux, ni Dieu que je prie. Tournez votre visage de ce côté. C'est devant vous que je m'humilie, devant votre peine, devant votre agonie que je me prosterne, c'est vous que je supplie, vous seule. N'aurez-vous pas pitié de moi et de Dieu aussi qui avec moi à vos genoux vous prie à son tour. Mon enfant, réfléchissez que cette minute est lourde, unique dans la balance du Temps. N'écouterez-vous pas la prière de Dieu qui s'adresse à vous et la prière de votre pauvre Père, car il est bien vrai que parfois, on dit une seule fois, au cours de la vie de chacun, Dieu nous prie, comme nous le prions tant de fois. Ne le laissez pas dans l'attente, tout grelottant d'inquiétude, d'incertitude, d'angoisse plus longtemps et dans une attitude si violente, si inconvenante, si inconcevable qu'elle me ferait rougir pour Lui, si vous n'étiez si haut en ce moment que la Paix du Ciel et de la Terre dépend exclusivement de vous, de votre volonté.

— Hors de moi, je ne suis plus qu'une flamme, qui m'exclut en effet ; depuis deux heures bientôt, j'ai été coupée de l'Arbre des Vivants, comme une branche maudite, séparée de tout. C'est pourquoi j'ai été tentée de dire, il y a un moment : ce matin, j'étais peut-être une Sainte, ce soir, je suis presque une criminelle et c'est pareil, une même chose. Le Saint aussi est séparé en effet, mais l'une et l'autre de ces séparations ne sont pas la même. Moi, je ne fais plus partie de l'Ordre surnaturel, ni de l'Eglise, je ne fais plus partie de l'humanité, je ne fais même plus partie de la Nature, je ne fais même plus partie de moi, de rien, vouée que je suis à une tâche ingrate, infernale, nécessaire, que je n'ai pas voulue, que je n'ai pas choisie, qui m'est imposée, car il ne dépend plus de moi de ne pas faire, dirai-je ce que je veux ou ce qui a été décidé à mon sujet. Mais ce qui est sûr, c'est que je ne m'y déroberai pas. Il faut que je fasse toute seule ce que seule je peux faire. Devoir ? ce n'est pas un devoir, c'est pire, c'est mieux, je ne sais, c'est plus qu'un devoir : quelque chose en moi l'exige de moi sans rémission, à chaque seconde, absolument, par une sommation répétée et irrésistible. Vous perdez votre temps, mon Père, à croire me convaincre et vous faites perdre le sien à la Justice. A peine d'ailleurs si je vous entends. Seule. Je suis seule quelque part au monde, loin, comme on ne peut pas l'être plus, seule, le plus loin possible des paroles mêmes que je prononce, toute seule avec mon « Idée » seule. O la Solitude sans nom ! A peine même si je vous vois. Je ne vois que « lui », celui que je veux, que je dois, je l'ai juré, effacer avec moi de la liste des vivants, car pour moi, je suis déjà morte. Il n'y a plus que mon « Idée » en moi de vivante. Ah ! vous ne me connaissez pas ! Vous ne me connaissez plus ? c'est qu'aussi bien vous me voyez pour la première fois, telle que je pouvais devenir, telle enfin que je suis au comble de « moi », telle que M. Godeau et ce Mal qu'il m'a fait, qu'il m'a fait voir ou entrevoir, m'ont poussée à être ».

A six heures et demie, dans l'espoir de l'obliger à sortir d'elle, de son cercle fatal, pour délivrer aussi par ce détour une main droite redoutable, captive toujours de l'arme, qu'elle n'a pas lâchée (va-t-il enfin par là démanteler l'idée fixe ?) le Père murmure : « J'ai soif. » Il ne demande qu'une larme de thé. Elise, indignée, d'abord, qu'on songe à boire dans un pareil moment, peu à peu admet qu'elle puisse penser, elle aussi, à autre chose qu'à son projet et, quand elle se lève, en quête d'alcool, d'une lampe, le Père s'empare du couteau abandonné qu'il enferme prestement dans sa serviette.

Sept heures. Le Père nous quitte, emportant l'arme, je gage, pour la montrer un jour en catimini à celui que, certainement, sans son intervention miraculeuse, elle transperçait, peut-être aussi pour en faire dans son église un ex-voto.

Jean B. de son côté nous emmène dîner sur une terrasse privée, dont le calme au-dessus de la ville devant le Sacré-Cœur, illuminé en l'honneur du 14 juillet prochain, rassérène un peu nos regards et nos cœurs.

Au dessert, il parle de saint Jean. Dans son Evangile et dans son Epître, explique-t-il, le plan surnaturel et le plan humain sont parallèles et s'épousent : y règnent la douceur, l'Amour sous le signe de l'Agneau. Dans l'Apocalypse, où l'auteur se souvient et fait souvenir qu'il a été appelé le Fils du Tonnerre, pour avoir voulu avec Jacques, son frère, attirer le Feu du Ciel sur une ville de Samarie ; dans l'Apocalypse au contraire qui représente à la fois ce qui se passe dans la réalité et ce qui se passe dans le cerveau du Prophète, le plan divin coupe le plan naturel : de là ces fulgurantes conflagrations, entrecoupées de visions gigantesques, d'aperçus hallucinants sur un monde volcanique, où règne l'Ire sous le signe de l'Epée et du Lion, qui escortent l'Agneau toujours, mais l'Agneau Terrible devenu l'âme et le symbole de la Justice.

A ces mots, Elise frémit ; une flamme ou le reflet d'une larme traverse son regard ; elle prétend renoncer à l'Evangile pour l'Apocalypse : « C'est, dit-elle, à cette religion-là que j'appartiens. » Et nous feuilletons avec elle un album où sont reproduites les fresques de Saint-Savin.

A minuit, quand nous quittons nos hôtes, je ne peux m'empêcher en cachette de m'emparer de la main droite de Jean B., qui doit rejoindre un instant plus tard celle de J. St. ; je la porte à mes lèvres, il a compris, ses yeux brillent de larmes et pour commémorer ce geste ou dans une intention plus grave, peut-être un peu cruelle, il saisit sur la table un vieux miroir égyptien, qu'il aime et qu'il veut que j'emporte, après m'y être regardé.

Une heure du matin. En fermant ma fenêtre, je m'aperçois que l'affiche « Appartements à louer » s'est envolée, découvrant le tableau sur lequel on l'avait fixée qui a dû faire tout le jour, l'amusement des passants : « Nymphes en larmes autour du corps inanimé d'Adonis. »

O lutte à mort autour de ce flanc pâle, adoré de moi, d'elle exécré. Est-ce qu'elle m'aime à ce point que son amour justifie de pareilles vengeances et comment puis-je la souffrir, encore acharnée à perdre ce que j'aime ? Belle certes dans la colère, comme on ne peut pas l'être davantage, couronnée de ses cheveux noirs, tordus en un buisson d'épines peuplé d'aspics. Un je ne sais quoi de sacré et de fatal traversait sa fureur, qui l'apparentait dignement aux héroïnes de la tragédie antique : Ananké l'habitait, Némésis en elle était présente et leur triste et torve et étincelant regard de minute en minute traversait le sien : Erinnye tantôt et tantôt Euménide, elle m'inspire une horreur sainte et c'est avec elle que je demeure ; elle est ma compagne nuit et jour et à jamais.

Lentement, quand nous sommes seuls : « Je n'étais plus moi, me dit-elle ; quelque chose de plus fort que moi et d'implacable me menait, mais je n'avais peut-être été plus libre jamais, comme délivrée pour une fois et pour toujours de tout, de tout amour, de tout souci, de ma maison, de toi, de moi, de Dieu même, si bien que maintenant je ne doute plus, je suis sûre que ce « quelque chose de plus fort que moi », c'était moi encore, ma volonté toute pure, non pas le moi de tous les jours, c'était ma volonté héroïque, le dimanche de ma vie, « moi », comme je ne le serai jamais plus dans ma plénitude, comme on ne l'est qu'une fois, Thabor ou Golgotha ? et j'ai refusé de le rester :

je me suis refusé ce luxe, je me suis refusée à ce luxe de mon Destin éternellement : j'ai renoncé à ma part fabuleuse, à mon âme, par faiblesse, à moi ? par amitié, par lâcheté devant la piété de quelqu'un : aussi tu me vois là comme morte, je suis morte en effet. C'est que maintenant, je sais ce que c'est d'exister et je n'existe plus. J'ai abdiqué.

« Ah, quand une fois on est descendu en soi dans la forge de Vulcain, du moment qu'on a été un moment Cyclope... » Que veut-elle dire ?

Elle poursuit : « Trois heures durant, uniquement ce petit point que je visais au bas de son ventre. Non, rien d'autre n'a jamais palpité, n'a jamais eu plus de réalité pour moi. Vivant ? c'est à peine si j'avais le temps de l'apercevoir, de l'entendre, mais mort déjà, tout de suite, la tête renversée, la bouche entrouverte, le dernier de ses regards fixé sur moi, comme s'il me transperçait à son tour. Puis plus rien que de la boue et du sang, partout sur la Terre comme au Ciel, tout d'un coup autour de nous, ce grand Cadavre blanc et moi, pâle, isolés ensemble au milieu du

Monde ; toi, quelque part je ne sais où, que j'entendais pleurer et le Père prier. »

Au petit jour, elle parle toute seule, tout haut : « Peut-être d'abord, c'est lui que j'ai haï lui-même, lui seul, mais bientôt, il n'était plus seulement question de lui ; il n'était plus aussi bien un être humain, un individu qu'on peut nommer par son nom ; il représentait sa race entière, ne faisant plus qu'un avec elle, et à la fin non pas seulement sa race, mais le vice en personne incarné, visible sous la figure d'un Monstre que j'écraserais, chargée que j'étais d'une mission d'En-Haut et dont j'acceptais tout l'odieux. Impossible, en effet, de me distraire à aucun prix de cette tâche, de m'y dérober à aucune condition ; j'en étais prisonnière et ce n'était pas sans crime de ma part, je veux dire que je n'ignorais pas que pour accomplir cette Justice j'entrais dans une telle promiscuité avec le Mal que j'en resterais souillée, comme si la haine qui se mêlerait forcément à mon aventure et le sang devaient m'exclure de tout amour et de tout repos et m'envelopper de cette sorte d' « horreur » qui s'attache aux mains, au visage, à l'âme, à tout ce qui touche de près ou de loin le bourreau et l'accompagne partout. Cependant il me semblait soupçonner l'existence d'un décret souverain qui m'exceptait, que Dieu et moi nous avions prononcé ensemble sur moi et qui faisait, mystère obscur ! que mon infidélité à sa Loi à Lui me vouait plus profondément qu'une fidélité intacte, comme on accepte d'être détestée, exécrée à force d'amour, comme les héros anciens se dévouaient aux puissances infernales pour assurer la Victoire de ce qui leur importait plus qu'eux-mêmes, comme le souci de la pureté entraîne les meilleurs en des exploits qui ne passent pas moins pour des délits impardonnables aux yeux des médiocres que pour d'ineffables prouesses au regard de la Perfection : comme on se damnerait par un surcroît de vertu, comme on se séparerait éternellement de quelqu'un pour lui prouver plus désespérément qu'on le recherche seul. Mais l'énigme, c'était d'ignorer laquelle de mes fautes ou lequel des excès de ma nature (était-ce mon égoïsme ou mon courage, l'un et l'autre sans mesure ?) m'avait désignée à l'attention de l'Eternel, pour mériter, en même temps que le sombre office qu'il me confiait, cette sorte d'entente muette, douce et terrible entre nous deux, si honorable pour moi qu'il traitait d'égal à égal un moment, quand il me signifiait d'un clin de l'œil que je devais tuer J. St. mais comment me faisait-il savoir qu'ensuite il ne devait plus y avoir absolument rien de commun entre Lui que j'aime seul et moi. »

Pour ma part, j'avais été sûr toute cette journée qu'elle réussirait, que la machine était trop bien montée pour n'être pas fatalement meurtrière. Il y avait d'abord « Elle », telle qu'elle est, simplement sublime et implacable, comme on se représente les Chérubins : monstrueuse, demi-lionne ailée, à tête et mains humaines, herculéennes. Il y avait son amour-propre et son amour de Junon blessée : le double aiguillon des rancunes qui la harcelait, piqué au vif dans son flanc haletant de douleur. Il y avait surtout pour animer son bras, déjà bardé de muscles de fer et nanti d'une lame atroce, « l'Idée » qui l'exaltait, son idée qu'à travers un spécimen taré d'une nation maudite et détestée, elle atteindrait le principe même du « venin » qui m'avait corrompu, moi, et qui à travers moi, avait tenté, menacé de la séduire, de la contaminer. Le sentiment de ce contact dégradant pour elle, si éphémère qu'il fût, un moment possible au moins, avait fomenté sa répugnance, son indignation, une rage inexpiable à en poursuivre l'auteur jusqu'à l'anéantir et sans doute un moment à ses yeux toute différence effacée entre J. St. et Satan, c'était, nouvel Archange après Michel ou nouvelle Marthe, le Dragon ou la Tarasque au souffle de feu qu'elle avait cru, un pied sur sa dépouille et un glaive en main, terrasser.

— Oui, à toutes forces, en finir avec lui tout à fait, tout de suite, ne plus le sentir autour de toi, si près de moi, en toi, en moi bientôt, à chaque minute, partout, lancinant, rampant, qui nous pressait, s'insinuait, s'installait, s'incrustait, présent, même invisible, intime, lui ? ses jeux de couleuvre, ses méandres, nuit et jour caressants et froids : le tuer, j'avais conscience que devant Dieu c'était permis, parce que juste, même si c'était pire qu'une injustice, faute d'amour, et devant moi c'était mieux que bien, parfait : parce qu'en moi ce qui agissait seul, c'était mon horreur de l'impureté, mon orgueil d'être pure.

« Cependant un moment, je ne sais ce qui se

passa entre Dieu et moi, entre le Père et Dieu peut-être, une sorte de miracle de la Prière. Et tout ce qui était nécessaire s'avérait comme inutile, mon geste décommandé. Je n'avais plus à faire ce qui, la seconde précédente, m'était irrévocablement prescrit. Mais ne crois pas que pour cela, parce que je n'ai pas frappé, je ne me considère pas et je ne suis pas considérée dans l'au-delà comme criminelle, comme un assassin. Maintenant, je suis marquée, marquée du signe de l'Homicide : j'étais allée trop loin dans le meurtre en moi, pour en revenir indemne, si près de porter le coup ; si longtemps je l'avais tenu en suspens, prête à le porter, que je l'ai porté en effet, que c'est comme si c'était fait pour ce qui regarde ma part, puisqu'il ne s'en est fallu que de sa présence devant moi qu'il eût péri, d'une coïncidence que la Providence n'a pas permise, de quelques secondes d'avance ou de retard de sa part ou de la mienne, qui ont tout empêché. Pour ce qui est de moi, je l'ai bel et bien assassiné et non pas seulement dans mon for intérieur, pour moi-même ; en lui-même aussi je l'ai touché, sinon son corps, son double, ou son âme et j'ai la certitude que grâce au froid dans le dos qu'il a éprouvé, quand j'ai déchiré du haut en bas et de long en large ton Portrait, cette larve maintenant va peut-être songer à devenir un homme. »

Si elle l'avait tué seulement, elle l'a dépouillé. Elle a détruit ce qu'il préférait peut-être à sa vie, ce qu'il appelait son seul Ami, ce *Prélat,* sa gloire qui était mon image aussi, devinée, prophétique. Sans doute malgré elle, elle l'a laissé vivre ; peu lui importe, à lui, s'il n'avait de raison d'être que son œuvre préférée, comme un rêve de sa jeunesse, confié à ce morceau de toile, pour qu'elle rayonnât sur son existence entière, sur sa mort et après sa mort, cette Lumière magique, propre à lui seul et à moi : celle de notre amitié, de notre amour, de notre domaine inaliénable.

Tout le lendemain, elle demeure hantée par son projet sinistre. J'essaie de lui lire, pour l'apaiser, pour la réconcilier avec l'Amour, l'Evangile, mais j'y rencontre aussitôt ce verset qui fait tressaillir en elle sa déception : « Il est bon pour tout le peuple qu'un homme périsse. »

Le soir, nous nous promenions aux Champs-Elysées ; elle m'arrête, me dit : — Te rends-tu bien compte du danger que nous avons frôlé ? Si j'avais fait ce que je devais, je serais maintenant dans une prison, J. St. mort, toi déshonoré et seul. Mais qui donc a empêché cela ? et qui te dit que je ne le veux plus ? Ma haine, certes, n'est pas morte. Je la préfère encore à ma vie. » Il y a dans sa voix glacée plus de regret sincère que de triomphe d'avoir évité le pire : ce n'est que la veulerie qui l'écœure et la vue des Champs-Elysées ne la console pas d'avoir échappé en même temps à la torture exaltante de la geôle et aux affres orgueilleuses d'une solitaire et éternelle Géhenne : « La meurtrière, l'arme et la victime, soupire-t-elle, étaient choisies de toute éternité ; au dernier moment l'arme s'est enrayée, la victime s'est dérobée, mais la meurtrière n'a pas faibli. Ma vie est manquée. »

Comme Elise, pour des raisons bien différentes, je respire encore, mais j'existe à peine : on ne déchaîne pas certaines puissances en vain, on n'en subit pas impunément l'assaut effréné.

Je sais désormais ce que c'est que la « passion » et toutes ses conséquences, quelles qu'elles soient, embrassées comme une Religion ; je sais ce que c'est que de ne plus connaître personne, ni Dieu, ni soi-même, excepté un seul visage, celui du Destin.

Mais le Destin n'a pas eu le dernier mot ? Pourquoi ?

Je me dis que c'est peut-être ma mère, qui est intervenue au moment suprême ; ne me suis-je pas adressé à elle seule ? Et sa part dans le Drame, dans son duel avec Elise, n'expliquerait-elle pas, après le conflit initial, je ne sais quel pacte entre elles, je ne sais quelle connivence jusqu'à l'intelligence dernière de toutes les deux, réconciliées en ma faveur dans le Cœur de Dieu.

D'abord Elise avait admis cette relation, elle l'avait même partagée, mais les ennemis de J. St. et mes amis scandalisés ont prétendu auprès d'elle que J. St. n'était entré dans ma vie que pour nous désunir, elle et moi, et pour me conduire ensuite à la honte et à la mort. Sans y croire tout à fait, travaillée par des excitations si bien dosées, lointaines et discrètes, et qui s'étaient faites de plus en plus fréquentes, égarée par son antisémitisme que renforçait la jalousie, Elise avait cédé à la fin à une démarche anonyme, directe, particulièrement pressante et, pour empêcher J. St. de nous séparer, de nous déshonorer et de me perdre, c'est elle qui, en le tuant, si un intervalle de quelques secondes ne l'avait éloigné de son bras, nous faisait glisser tous les trois dans la boue et dans le sang.

Ce projet, odieux pour moi, demeure encore sublime pour elle, qui s'est crue mon Ange. Les circonstances la canonisaient et je buvais la honte du scandale. Quel personnage il m'eût fallu jouer publiquement, si le coup avait porté ! J'ai tout envisagé, sans défaillir, et le sentiment du danger n'a pas été si court qu'il ne m'ait permis d'éprouver, mieux qu'à fleur de peau, sa gravité et son imminence. Je l'ai mesuré en face et il s'éloigne à peine ; mais ce qui me confond, c'est le détail, l'enchaînement et le pittoresque des faits, la logique et la beauté de l'événement, du drame ; à ne pas pouvoir douter de la présence du « Surnaturel », de ses interventions et par intervalle de son absence momentanée, comme d'une sorte d'abandon affreux, dont on serait l'objet de la part de l'Univers, en même temps que l'on constate l'existence de « Puissances » cachées, qu'on ne peut pas émouvoir, les unes, sans amorcer des catastrophes ; les autres, sans éprouver le bienfait de leur secours. Ainsi, vois-je, de loin en loin, tout le long de ce jour douloureux, se lever des figures étranges de personnages diaboliques ou angéliques, hostiles les unes, propices les autres, qui se mêlent à l'action ou à l'horizon s'immobilisent, tels des astres ou des symboles.

Comme si j'avais souffert d'une blessure, qui fût la mienne, sûr que Jean B. avait rencontré J. St., la nuit précédente, et l'avait rassuré sur ma fidélité entière, je m'habituais à l'artifice du pansement ; leur silence me berçait, quand j'apprends que le rendez-vous a été manqué et me voici partagé entre le supplice de ne pas quitter une seconde celle qui a voulu sa mort et la torture non seulement de ne plus le voir, mais de ne rien savoir de lui et de savoir qu'il ne sait rien de moi. Placé dans l'alternative de le livrer au couteau d'Elise ou de renoncer par serment à l'atteindre de quelque façon que ce fût, j'avais conclu ce marché atroce, de l'abandonner pour le sauver. Mais que devenait-il dans la tourmente, rejeté de ma vie sans une explication, quand il avait subi par ma faute, le même jour, en quelques heures, tant d'outrages ? Menacé dans son existence même, la paix de sa famille troublée ; démasqué, flétri parmi ses domestiques et ses voisins dans son repaire, où Elise avait porté son branle-bas, comment s'explique-t-il mon effacement, ma discrétion, ma disparition subite, qu'il peut considérer comme un abandon, et la destruction de son œuvre, dont je suis responsable ? Non, jamais je ne me suis senti lié à un être plus qu'à celui-ci et par des liens plus sacrés, ni séparé en même temps de personne d'autre par des interdictions plus saintes, comme si tout ce qui a travaillé à disjoindre nos destinées les confondait. Reste pour que je souffre au paroxysme, que la religion soit sans entrailles, et je ne suis qu'entrailles.

Quand je me plains, en effet, à l'Eglise du mal qu'Elise nous a fait, à J. St. et à moi, l'Eglise me répond : — Elise a défendu son droit et elle l'a défendu avec une vigilance, une pertinence et une violence admirables : cet homme et vous étiez coupables envers elle. Que vous souffriez par elle, vous et lui, est juste.

Moi : — Mais le dommage à lui causé est sans rapport avec sa faute ; l'œuvre de ses mains y a péri, peut-être son avenir et c'est moi seul qui l'ai tenté : il n'y a dans cette affaire que moi de coupable. Je pourrais bien au moins m'excuser auprès de lui, m'expliquer.

L'Eglise : — Non, vous avez promis, vous avez juré de ne plus donner signe de vie à cet homme. Il fallait sans doute que quelque chose fût sacrifié, pour qu'il ne pérît pas lui-même ; que pérît au moins une chose qui vous tînt à cœur, à l'un et à l'autre, par les fibres les plus secrètes et Dieu ne s'est pas trompé : il a su choisir et sans doute, en se contentant de la destruction de votre image qui était l'œuvre de cet homme, a-t-il été magnifique, dans l'espoir que vous seriez à votre tour, en retour, l'un et l'autre, assez généreux, pour ne pas lui marchander son dû, en renonçant sur-le-champ l'un à l'autre ; il suffit que « l'Ouvrier » demeure et il y a, Dieu merci ! d'autres « modèles » que vous dans la Nature.

Moi : — Il est entendu que je ne le reverrai pas, mais sans un mot écrit au moins de ma main, faire passer quelqu'un d'une adoption si entière à un rejet si complet, définitif, me semble d'une cruauté inutile et dont je ne supporte pas même l'idée.

L'Eglise : — Qu'importe que vous en supportiez ou non, lui l'événement, vous l'idée ; il y a longtemps qu'il ne s'agit plus de vous, de vous consulter ni l'un, ni l'autre ; si les choses s'étaient passées en effet, comme il se devait, selon leur cours naturel, vous seriez déshonoré, Elise en prison, J. St. devant l'Eternel : en somme, ce n'est que le prix du sang de J. St., la rançon d'Elise et celle de votre honneur qu'il vous faut payer comptant.

Moi : — Mais puisque ce n'est pas vrai : du moment que de renoncer à J. St. dans mon cœur il ne sera jamais question pour moi, qu'importe que je ne lui écrive pas et ne le voie pas. Que vous importe que je lui écrive.

L'Eglise : — A plus forte raison, qu'importe mille fois la vérité, pourvu que J. St. croie qu'entre vous et lui tout est fini. On ne vous demande pas autre chose que de mentir.

Moi : — Cependant, il sera dans l'erreur.

L'Eglise : — Heureusement.

Moi : — Mais son erreur sur moi sera bientôt une erreur sur tous et sur tout. Il ne pourra plus « croire » en rien, ni en personne, s'il doute de moi, pas même en Dieu et ce doute universel va l'acheminer vers le Désespoir.

L'Eglise : — Vous vous préoccupez de beaucoup de choses et il n'y a pas d'erreur totale, pour autant qu'il s'agit de vous ; si J. St. ne croit plus en rien ni en personne, il n'aura peut-être pas tort et si vous le méritez par votre silence et votre abandon, sur le chemin de son désespoir, surgira, espérons-le, qui vous remplacera auprès de lui avantageusement ; j'en atteste ici, le seul « Fidèle » en vérité, qui est la Vérité même. »

Ainsi, Elise et l'Eglise sont d'accord ; elles m'ont répondu, implacable l'une, impitoyable l'autre : qu'il meure de chagrin, seul, dépouillé de son œuvre, méprisé chez lui, privé de moi sur qui il comptait seul, cela sans une parole ni un geste qui l'éclaire sur ma retraite, sans un signe qui lui fasse entendre que, si tout est perdu pour lui, sans pouvoir autrement le demeurer, je demeure le même en moi-même pour lui seul toujours et pour toujours indéfectiblement, car moi aussi, l'Enfer — puisqu'on m'y pousse, puisque c'est ainsi qu'il faut nommer le pauvre Cœur de l'Homme —, si pauvre que je sois, même séparé de Dieu, à l'image de Dieu mon Créateur, je suis « fidèle » et j'ai l'éternité aussi, même malgré lui, pour l'être, et en cela et d'autant plus que je suis né plus faible, je n'échangerai pas contre la sienne la grandeur de ma gloire.

Je ne dois cependant pas être ingrat. Qui ai-je appelé, en effet, à l'heure la plus grave de notre aventure, qui ait consenti à franchir notre porte au moment même où la maison menaçait de s'écrouler sur nous ? Personne, excepté l'Eglise dans la personne du Père N. Tout nous fuyait, se dérobait. On s'excusait autour de moi de toutes parts. Lui seul est venu, sans craindre aucune souillure et que le sang pût rougir sa robe, apparue si blanche une seconde sous le toit de mon atelier ; que notre honte pût l'éclabousser, il ne s'en est pas soucié et il ne nous a quittés qu'après le danger : vraiment le Pilote.

Parfois, je me demande si ce n'est pas parce que j'ai médit d'un certain Amour que l'Amour exige de moi que je chante la palinodie. Mon dernier livre est mêlé si étrangement aux péripéties de nos malheurs, tel un fil à bâtir dans un ouvrage de tapisserie. La nuit, que j'ai passée dehors, c'est avec mon exemplaire justificatif que je venais de recevoir la veille et c'est en revenant de signer mon Service de Presse que le suprême orage a éclaté. Vengeance de *l'Abjection*.

Heureusement ai-je de continuels devoirs envers mon Elise, que je vois par ma faute devenue comme l'ombre d'elle-même. Sa voix s'est-elle altérée ? Je ne l'entends plus comme autrefois et l'équilibre entre son regard intérieur et ses yeux est rompu. Un rien la ramène à son obsession, elle n'hésite plus qu'entre un désespoir morne ou des résolutions farouches. D'avoir à la calmer me calme moi-même ; l'effort que je dois faire pour l'arracher à la folie et la réadapter à la vie quotidienne me tient lieu de sagesse et il me semble parfois soutenir une telle gageure avec moi-même que le miracle se produit : un Ange intervient et me remplace, où je suis empêché.

Tout d'un coup, le quatorze, pendant la revue, sur la place de l'Etoile, comme les cavaliers s'élancent au galop de leurs bêtes, sous eux hennissantes et que leurs glaives au soleil luisent, est-ce qu'elle devient folle ? Elle s'écrie et la foule vers nous se détourne :

— « Une épée, qu'y a-t-il de plus beau, de plus fier, de plus sûr ! Pourquoi m'a-t-on désarmée ? O Dieu, tu m'as dérobé ma victoire ! » Sa hantise la reprend : — « Plus rien ne compte ni ne coûte du moment qu'on ne connaît que « son Idée ». Je m'étais comme effacée et toi devant Elle ; tu n'existais plus, ni moi, ni rien, personne qu'Elle, toute droite et nue, l'arme nue au poing au milieu de moi. Ce n'était plus moi qui agissais. Elle seule ? Non, moi encore, mais de tout mensonge dépouillée, aussi toute nue. »

En rentrant à la maison, comme elle avait dit l'avant-veille : « J'ai dépassé la raison », elle murmure : « J'ai dépassé les fleurs », ce qui signifie dans son langage qu'elle ne s'intéresse plus à son Jardin. Elle commente : « Ni les arbres, ni les oiseaux n'existent plus tout à fait comme autrefois ; comme si j'avais traversé la mort et les Enfers, je ne vois plus la nature avec les mêmes yeux ; comme si mon regard avait surpris l'existence de « choses » que je ne sais plus, mais que je ne peux pas non plus oublier tout à fait, si hallucinantes que, tout absentes qu'elles sont du champ de ma vision, elles continuent de m'obséder et m'empêchent d'être libre pour rien voir d'autre.

« Tout me paraît plus petit, surtout moi.

« J'étais si magnifique, si haut, si seule.

« Ah ! tu pouvais me laisser enjamber la fenêtre. Je marchais sur les nuées ; quelque chose me portait. Je ne touchais plus la terre. Somnambule, on ne sait plus tomber et une vertu si extraordinaire devait sortir de moi qu'elle asservissait tout le monde : avec respect les passants me suivaient en procession ; chez J. St., la grand-mère qui gardait sa porte m'a touché les mains et l'épaule, comme on vénère une relique et le chauffeur qui m'avait conduite m'a attendue, pour me reconduire, comme on adopte une Reine.

« C'est que je m'étais détachée, retranchée de l'humanité. Tu ne peux pas savoir ce que c'est que d'être seule à ce point, d'errer ainsi à part, comme un météore, coupée du reste du monde. M'a effleurée, un moment, ce qu'il y a de glorieux dans le meurtre : c'est ineffaçable. Comme illuminée de rouge et d'or, je cheminais dans vos ténèbres et maintenant je n'ai plus pour m'éclairer que le regret de ce manteau de pourpre, qu'on m'a malgré moi arraché. Un jour, une nuit, enivrée de l'odeur du Sang, j'ai cru, jusqu'à la certitude, qu'un seul de mes gestes allait d'un seul coup transposer, transfigurer ma vie et la tienne.

« Quand j'ai dit au Père que c'est le Mal, qui m'est apparu en J. St., que je visais, il m'a répondu : Vous n'auriez encore une fois écrasé que le Serpent de la Genèse, mais le Scandale au talon vous mordait : la Mort atteint surtout celui qui la donne. » En lacérant ce portrait d'ailleurs, j'ai senti que je le touchais plus profondément, plus intimement qu'aux entrailles mêmes. C'est votre « mystère », votre « Démon » commun et particulier que j'ai frappé, anéanti, un mirage malsain, entre vous deux reflété par l'Enfer et qui vous liait, c'est le Visage de votre Destin, couleur de soufre, que j'ai de ma main aboli. Jean P. avait bien raison de prétendre qu'il fallait arrêter le *Prélat ;* l'enfermer dans un cadre, que le « soufre » qui s'en échappait se répandait partout dans la maison et au-delà, que chacun de nos visiteurs en emportait plus que sa part sur ses mains, sur ses vêtements, sur sa face, dans son regard. Eh bien ! d'un seul coup j'ai dispersé ce nid de vipères. Toute la poudre en a volé aux quatre coins du monde. J'avais trop bien senti le maléfice, installé près de ma porte : cette présence de « quelqu'un » d'insoupçonné et de vivant qui travaillait, nuit et jour, en toi, contre toi et contre moi. Le Diable ira tenir ailleurs ses conseils. Tu me connais maintenant et « ils » le sauront : je suis vouée au meurtre. Aucun d'eux n'osera plus t'approcher. Je suis là pour te garder, sans cesse debout, à la porte de ta solitude, mon épée en main ». Une volte-face, et sa stupeur croissant, en même temps qu'elle cherche mon regard, avec une insistance passionnée : « Mais voilà, me dit-elle, que je te parle, comme je me parle, comme je me parle à moi-même ; et qui es-tu ? Au fond de toi, toi, je ne te connais pas. Toi ? je me souviendrai toujours de mon angoisse après notre mariage, quand j'ai lu le *Parricide,* il y a dix ans de cela ; ainsi tu as osé faire accomplir là, publiquement, par ta propre mère des gestes qu'elle n'a jamais certes avoués à personne. Où as-tu pris cela ? ce que tu racontes ? Est-ce que c'est son vrai visage que tu lui donnes, que tu nous montres ou un masque terrible que tu lui prêtes ? Avec toi, on ne sait plus qui l'on est. Tu regardes les gens de si près et tantôt avec tant d'indiscrétion, de malignité, d'insolence, avec une ferveur si douce et tantôt une attention si cruelle qu'on est fasciné, comme si ta patience un moment avait ressemblé à une sorte de distraite absence : on ne te voit plus, on ne se voit plus, je veux dire, on ne se surveille plus, on se croit libre et sans témoin, on se laisse voir. On se laisse voir toute nue et c'est alors insensiblement, sans en avoir l'air, que tu te glisses quelque part dans l'âme et que tu pousses à bout, au bout d'eux-mêmes ceux que tu observes : te contentes-tu ? Tu ne te contentes plus à la fin de les voir agir et, après tes sombres manœuvres (j'en frémis), sont-ils ce qu'ils se croient ou ce que tu les as faits ? Sommes-nous tes personnages ou tes modèles ? N'as-tu pas en cachette subrepticement changé quelque chose en nous, tirant à la dernière minute sur quelque ficelle secrète que tu connaissais seul et tu mènes le jeu où tu veux ? Est-ce que tu ne serais pas intervenu en moi, homme pervers, infernal, pour altérer ma volonté ? Est-ce que tu ne te serais pas introduit par quelque fêlure dans ma personne pour en déclencher à mon insu le ressort ? Qui me dit, après tout, que ce que je viens de croire que j'ai voulu faire, tu ne me l'as pas dicté, suggéré. Que ce n'est pas une représentation que tu t'es donnée en moi, que je t'ai donnée d'une œuvre de toi, d'une tragédie que tu as montée de toutes pièces et dont tu m'as inspiré les gestes et soufflé jusqu'à la moindre réplique ? »

Sans cesse, Elise me parle de sa sœur et de mes neveux qu'elle a failli déshonorer ; elle ne veut plus, me dit-elle, que réparer le mal qu'elle ne leur a pas fait.

Elle m'appelle « mon Torfou-Tiffauges », comme elle dirait « mon Gilles de Rais » ou « mon Barbe-Bleue », quand c'est elle qui a failli avoir du sang sur les mains.

Et chaque soir, elle va chez les Pères lire... l'Apocalypse. Je lui dis incidemment qu'elle ferait mieux de repasser son livre de cuisine. En réalité, c'est à la lecture de l'Evangile ou de l'Imitation que j'aimerais la voir se plaire. Elle a plus besoin de douceur que de violences et l'Apocalypse est l'Ecole des Violents.

Dimanche, à la messe, en quêtant, le Père K., tant aimé d'elle jadis, doit savoir quelque chose ? Il m'a regardé comme le radeau de la Méduse.

Elise : — « La religion rend tout le monde plus sociable ; moi, c'est le contraire. C'est que ma religion est aussi une apocalypse. Comment Jean B. a-t-il expliqué cela ? que le plan divin coupe le plan humain et que le cerveau prend feu ? » Elle ajoute : « Mon aventure m'a rendue encore plus solitaire. » Elle raconte qu'elle vit depuis dans une sorte de terreur habituelle, qui lui vient du sentiment qu'elle a eu un moment de la Justice de Dieu : « Alors, j'ai compris que celui que Dieu aime, la foudre est sur lui, aussi j'ai peur de son amour, mais j'aime encore mieux ma peur qui se ranime en moi parfois, et encore tout d'un coup de tout m'exclut, que la torpeur.

Elle m'arrache cette nuit au sommeil pour me dire qu'en rêve quelqu'un d'inconnu vient de lui dire à l'oreille : — « Tu as beau faire, il n'y a rien à faire ; le Désespoir l'attire. » Et elle passe doucement sa main droite sur ma bouche ; elle me serre contre elle, en m'appelant son Démon. — « Moi ? » Elle reprend, interrogative : « Non ? » Silence et tout d'un coup : « Cette bouche, quand je pense que cette bouche... » Propriétaire de mon corps, elle en contrôle, je pense, l'usage.

Ainsi, de cette odyssée je sors privé pour l'éternité de ce que j'aime et condamné à partager ma réclusion avec l'Ennemie triomphante. Bientôt, le Père souligne le rapport du geste d'Elise et du geste de Dieu. De l'Enfer du mariage à l'Enfer tout court, il n'y aurait donc pas même un pas. « Avec une idée générale, me dit-il, avec une abstraction, on pourrait toujours s'arranger, mais l'Eternel est quelqu'un, non pas seulement un être ni l'être même ; une personne, un individu qui s'appelle Dieu, comme vous vous appelez M. G. et comme Elise s'appelle Elise et il n'en est pas moins l'Etre en personne et vous savez maintenant ce que c'est qu'une personne qui exerce la Justice. Comme vous vous êtes trouvé, il y a quelques jours, devant « quelqu'un » d'implacable, un jour vous vous trouverez devant Lui, mais sans rémission ». Logique ? Logique : seulement mon Mariage avec Dieu a précédé mon existence et mon consentement.

Curieux de constater comme les Astres nous aiment, chacun le nôtre, Elise et moi. Hier matin, dans la crypte de la rue Saint-Honoré où le Père nous avait fait descendre et d'où l'on apercevait pendant la Messe par lui célébrée devant nous deux seuls, comme du fond de la Terre les arbres par la racine, le Soleil un moment est venu nous visiter, enveloppant, après la communion, de sa lumière d'or Elise toute seule, transfigurée. Or, le soir du même jour, nous étions tous les deux étendus côte à côte, dans la nuit de notre chambre aux murs et au plafond noirs, quand tout à coup mon visage s'éclaire. Elise me regardait et n'en pouvait croire ses yeux. Par une fissure imperceptible de la persienne, un rayon de lune pâle se coulait et venait me chercher, moi seul, mon visage et mes mains : phosphorescents, les trois fleurons d'un lys ; et quand je me redressai pour me voir à mon tour, dans le miroir qui est au pied de notre lit la Porte des Songes, ce n'est pas moi que j'aperçus, mais ressuscité, mon portrait par J. St. dont j'avais revêtu, à s'y tromper, la ressemblance, M. Godeau lui-même.

Le lendemain, Jean B. m'écrivait : « Il m'a fallu prendre mes distances ou je n'aurais pu que répéter les événements de mercredi : je ne sais même si ce peu d'éloignement a modifié quelque chose dans mon saisissement et ma joie de vous savoir éternellement voué aux puissances de la Jeunesse, qui en vous éclatait au point d'annuler toute chose autour et de faire de chacun de vos gestes, de chacune de vos paroles, un signe de fête. J'ai connu en vous un roi dansant, couronné devant les tabernacles et cette image aura barre sur toutes les autres. Je n'ai le droit ni de louer ni de blâmer, non plus que le pouvoir de lier ni de délier. Ma destinée ne m'a placé deux jours sur votre chemin que pour vous regarder dans le miroir d'une amitié tellement plus pure que je ne le sais moi-même devenir vous-même sous mes yeux, c'est-à-dire pratiquer « la vertu d'imprudence », hors de quoi plus rien n'est rien, et je vous rends témoignage. Vous franchissez par votre être les limites de ce que vous dites qui n'est qu'une partie de votre don, le signe d'une « réalité » plus impérieuse. Au Marcellus de la légende, tout prêt, sans le savoir, à embrasser sa destinée, le poème consacre une profusion de lys. Vous n'ignorez pas, vous, ce que vous êtes et ce que vous faites, ni la portée proche et lointaine de l'un et de l'autre et vous avez jeté ainsi votre volonté, dans ce qui n'était, pour Virgile, que la saisie de l'innocence par la fatalité. D'où sans doute la blancheur des lys. Aurais-je osé vous fiancer aux mêmes corolles ? Pour qui s'unit à soi-même, d'âme et de passion à ce point et se scelle ainsi à son propre destin, les flammes de l'Enfer même ne peuvent être que des fleurs de flamme. »

Je le pense, en effet, tout est jeu et tous les jeux sont dans la Nature ; quelques-uns futiles, ceux-là dangereux, ceux-ci atroces ; les mêmes conflits s'y retrouvent, les mêmes énigmes à des degrés divers d'élévation ou de bassesse qu'il est toujours possible de transposer. Le cœur, l'esprit et les sens occupés unanimement, la vie a son intérêt et sa grâce ; il suffit d'engager son être tout entier pour l'amour d'un seul objet, et selon qu'il est élevé ou bas, la gloire vous est donnée, paradisiaque ou infernale.

Je me surprends, ce matin, occupé à préparer le café, Elise encore endormie : en moi quelque chose de « l'Innocent » mais qui, sans complaisance (à peine si je glisse un œil, je ne regarde pas) se voit l'être. De cette lucidité à l'indiscrétion de la conscience, de l'indiscrétion à la duplicité, au mensonge, à la feinte, aux mines, à la comédie de soi, il n'y a pas loin, mais ce qui m'est propre, c'est justement de ne jamais jouer, de ne pas savoir que je joue, de toujours jouer sérieusement, de toujours miser l'Eternel sur la dernière, sur l'actuelle minute. Quel poids cela lui donne et quel prix à mes yeux ! Sans que je réussisse à être blasé, la minute suivante, je recommence, comme si j'étais sans mémoire ou incapable d'expérience, aussi neuf.

Et toujours devant moi cette petite statue de merisier : Dieu le Père assis, mitré, en chape, le Christ entre ses bras ; moi non plus, personne ne sait ce que je pense et je n'ai pas le droit de le dire.

Et qu'importe qu'il soit « le Néant » ; c'est lui que j'ai choisi et que je perde la vie à force de ne voir que lui et de ne pas le voir. Je n'ai aucun préjugé envers aucun être et j'ai voulu connaître celui-ci de fond en comble : connaître ? Naître avec lui, en lui, à lui, c'est ainsi que je le sens toujours debout et nu contre moi, comme Adam est debout et nu dans la pensée de Dieu, au moment de la création des oiseaux et ce n'est que pour lui qui n'est pas encore né que s'animent ces milliers d'ailes de toutes les grandeurs, de toutes les couleurs et jusqu'à la fin des temps ces milliers de milliers de chants et de cris.

M'habituer à considérer, des profondeurs où se loge l'Eternel, non seulement ma passion, mais son objet.

Un moment, comme on a parlé de la Mort, Elise : « Vite, qu'elle vienne, que je sois près de Celui que j'aime ! » Dieu ou le Père ? Ce n'est certes pas moi.

Parce qu'elle répudie un peu plus tard les gens tristes, — je lui lance : — « Mais, tu es si grave que tu es plus triste qu'eux. » Elle : « En effet, je suis triste sur la Terre, mais je ne suis pas triste dans le Ciel. »

Recommandation, avant ma première absence : « Un taxi. Pas de métro. C'est là que circulent tes Démons. »

Le soir, au dîner, devant Marie, quand je lui annonce que je ne communierai pas le lendemain de la main du Père avec Elle, comme ils l'espéraient tous les deux, elle éclate : « En effet, l'Union entre nous est impossible ; l'Unité à plus forte raison ; c'est trop difficile pour toi ; ce serait trop rare ; ce n'est pas vulgaire assez à ton gré. » Voilà ce qui s'appelle mener les gens tambour battant au Paradis : « Je ne communierai pas, parce que je n'en ai pas le désir ou parce que je ne m'en trouve pas digne, par respect pour la Communion et pour moi, et sur ce chapitre, grâce à Dieu, je crois n'avoir de comptes à rendre qu'à Lui. » Surtout pas à elle. Que je sois vulgaire (à voir) : Ce qui est sûr : je ne suis pas docile. Dieu. Dieu ? Je ne dis pas Dieu, mais Dieu avec elle, entre Elle et le Père N., comme celui-ci l'entend, et comme elle veut (bien que je les aime bien tous les deux), non, non. Plutôt le Diable ou Moi seul !

Marie : « Chante, crie, plains-toi, pleure, hurle, ris. Vous n'en êtes pas moins un couple unique de votre espèce. Qu'on m'en cite un autre qu'agitent des préoccupations voisines de celles qui vous divisent et vous rapprochent tour à tour, ce soir, devant moi. »

Comment ne pas avouer, en effet, que si je me laisse dominer par elle, elle m'emportera très haut ? Alors, pourquoi hésiter ? Sensible je suis à trop de failles dans sa logique, à trop d'équivoques dans ses enthousiasmes ! Autant de confusions en elle qu'en moi sur des plans divers ! Mais ce qui m'éloigne surtout de leur Sublime que je respecte, c'est que le Père admette qu'elle se permette d'avilir sous ses pas et devant lui en ma présence tout ce que j'ai pu aimer. Certes, je ne cesse d'admirer cent fois le jour en elle des vertus extraordinaires, mais tout cela ne m'empêche pas de constater ce qui manque à sa générosité, qui m'est plus présent à la fin que sa générosité même, si bien que, j'ai beau lui rendre toutes sortes d'hommages, ma tendresse et ma reconnaissance, je les lui refuse. Les dons que je lui fais sont gratuits ; sa hâte à m'abaisser me délie du reste. On ne saccage pas impunément certaines régions saintes de votre âme et je ne peux pas oublier de chaque côté de moi ces deux figures outrageantes qu'elle a brossées, comme dans les volets des triptyques, d'une part, de Ch. et de J. St., d'autre part, de Véronique et de la Duchesse qui me furent dévouées, l'une trente ans de sa vie, l'autre vingt ans, plus qu'aucune autre femme, après ma mère. A-t-elle seulement aperçu que, dans le panneau central en même temps, elle me crucifiait ? Eux, les Pauvres et les Donatrices, personne ne m'empêchera jamais de les aimer et d'adorer plus que toute chose au monde leur amitié ou leur amour. Si déshérités qu'elle les fasse, ils m'ont mieux connu qu'elle et leur délicatesse, leur émotion devant moi, toute brûlante d'une adoration qu'elle me refuse, m'a exalté pour toujours.

Communier demain, c'est impossible, dévoré que je suis par une fièvre de lubricité qui s'est évanouie cependant ce matin, parce que j'ai regardé le Ciel, en prononçant seulement le mot « Amour ». On ne se convertit ni on n'aime quand on veut. Certes, je peux bien entrer à l'Eglise avec Elise, chacun ne s'y agenouille que devant sa propre Idole. Sincèrement, je crois bien que la seule chose qui aurait pu me maintenir au-dessus de la volupté, au-dessus de moi-même, c'était l'amour, mon amour insensé pour J. St., si insensé qu'il fût, et justement parce que ne le recommandait auprès de mon âme que sa démesure ; cet amour seul pour ce seul être était si grand, si haut, qu'il m'eût permis de renoncer à mon plaisir. Mes conversations, si rares, avec lui m'arrachaient de temps en temps au sillage habituel, à ce qu'il peut y avoir de monotone dans la vie conjugale, sans m'en détacher et presque sans faute envers personne, ni de sa part, ni de la mienne, puisque je ne donnais que mon cœur et qu'Elise m'a aussi bien repris depuis longtemps et de son propre aveu, le sien, pour le partager entre son Confesseur et son Dieu. La simplicité vraie du grenier, où je me reposais quelquefois auprès d'un ami, me permettait de supporter avec moins de répugnance le luxe de ma propre maison, dont j'avais surpris la vanité, pour moi, inutile. Nos courtes stations dans les cafés les plus humbles me replongeaient dans une atmosphère jeune et vivante et me faisaient trouver meilleur le retour au gynécée, où la présence de ma femme m'était devenue douce, parce qu'elle n'excluait plus une autre douceur, plus conforme à mes goûts secrets. La fantaisie imprévue de ces menues escapades, qui fleuraient le délit, retirait aussi à mon rôle de mari ce qu'il peut avoir de conventionnel et de ridicule, quand votre femme n'est plus votre part exclusive, même si elle n'a pas d'amant. Nos plaisirs qui étaient de l'ordre du sentiment, pour incompréhensibles qu'ils fussent à quelques-uns, ne m'en aidaient pas moins à me passer d'autres plaisirs moins élevés. Enfin, « cela » existait comme une sorte de féerie, de miracle à peine humain et je n'ai pas à voir si J. St. lui-même était ou n'était pas celui que je méritais d'aimer : je l'aimais et il ne s'agissait peut-être pas autant de lui que de moi dans mon amour pour lui. Je l'aimais et j'étais libre avec tout le reste. On ne m'a pas permis de le demeurer. Est-ce pour me venger ? A mesure, qu'ils m'éloignent de lui, je m'éloigne de Dieu, je tombe, je me couche de nouveau, je me coule dans le ravin : bientôt je me roulerai dans la boue et rien ne me libérera plus désormais de moi-même, par leur faute. O ce besoin qu'ils ont de mon salut plus que moi, d'un Salut qu'ils m'ont choisi...

Aussitôt sorti de l'Office, où je m'évertuai à prier, cette vacuité, cette disponibilité infinie que laisse en moi l'absence de J. St., ce vide insondable, n'importe qui va le remplir : cette curiosité de tous les visages, de tous les corps, de toutes les âmes, ce sera ma vengeance : je la sens qui se ranime, à mesure que l'amour s'éclipse ; elle est l'autre aspect terrible de moi-même, elle dévorera tout, elle me dévorera, elle les dévorera, punis. Le premier venu ou lui seul ? Déjà tous les passants m'intéressent. Fou, je les regarde ; avide, je les investis de nouveau de mon attention passionnée. Rien d'eux ne m'échappe : misère ou beauté ? où l'admiration défaille surabonde la pitié. Mais non, je feins et je feins si bien et avec tant d'art que je suis ma propre dupe, que c'est à peine si j'entre moi-même dans ma confidence ? Il s'agissait de le sauver par là, en renonçant à lui et même à lui écrire ou à lui parler une seule fois et j'ai été si rigoureux dans l'observation de ce devoir, de cet engagement que j'avais pris que j'ai failli mourir moi-même, étouffé par mon secret, mais je l'ai sauvé.

Elle et le Père, je les vois très bien un peu complices contre moi, sans qu'ils le sachent tout à fait peut-être, lui surtout. Alors, au milieu de mon supplice, que je la surprenne, bouffonne, cynique, un peu grotesque, ridicule, je ne ris pas, mais je suis vengé. Il n'y a qu'un moment, par exemple, dans le jardin, je me prêtais à la dernière de ses innovations d'un goût à elle et je lève les yeux : sous son tablier à bavette passé derrière devant, elle bêche toute nue. A chaque mouvement qu'elle fait, les basques s'écartent : lune, forêt ; je lâche la pioche et je m'en vais ; plante qui veut la balsamine. On n'a pas des airs de Reine parfumée, parée, chaque fois que son moine arrive, pour se contenter, dès qu'elle est seule avec moi, de cette tenue d'Eve de Lucas Cranach : c'est me mépriser ouvertement, à moins qu'elle ne me torture par là, m'interdisant par le recours à la terreur, de la tromper, en même temps que sa négligence à me plaire m'y invite ; sans coquetterie il n'y a pas d'amour.

Quand j'ai cru la reconnaître, un jour, au cœur de la fresque de Saint-Vital, à Ravenne, mon instinct ne s'est pas trompé : c'est Théodora elle-même qu'elle est : montreuse d'ours à l'habitude, impératrice à l'occasion, tour à tour et en même temps théologienne. Sous ma main, le hasard glisse une photographie : quelle émotion pour un être peut-être de rien, mais qui savait me regarder et prononcer mon nom avec délice. N'existe, en vérité, que ce petit coin de notre âme, où nous sommes libres éternellement de dire « non » à l'apparence et « oui » à ce qui est, même si ce qui est n'est que le « Néant ».

Ce soir, des nouvelles de lui.

Elise : « Rien ne bouge dans le Jardin, excepté les idées dans cette petite tête » (désignant du geste mon front).

J'écris à J. St. : « Quelle douceur hier soir à travers le Messager de te sentir vivant et présent de cette « Présence » lointaine et tragique, la tienne, désormais pour moi, celle presque d'un Revenant ou d'un Ressuscité, car nous avons bel et bien traversé la mort ensemble, toi certainement, moi les Enfers, d'où je t'ai sans doute à force de fidélité ramené doucement par quelque défilé obscur à la bonne lumière de notre Soleil. Un jour, une nuit, corps à corps, âme à âme, j'ai lutté contre une Furie furieuse qui brandissait son glaive et nous n'avions, elle et moi, pour horizon commun, étroit, frêle et pâle, que ton ventre qu'elle visait avec la maîtrise, la précision, l'entêtement de la Fatalité.

O le souffle de ces divinités farouches, qui passait de minute en minute sur ma face. J'ai entendu siffler les serpents de leurs cheveux. Elles déchaînées, que pouvons-nous, pauvres hommes ? La moindre de mes paroles, une allusion, chacun de mes mouvements, un geste maladroit, te perdaient et bientôt on n'a plus fait dépendre ton salut que de ma promesse de ne plus te donner signe de vie. Pour te sauver, je devais renoncer à toi, au moins te le faire croire et par là t'exposer à me méconnaître. Non, rien ne pouvait m'être plus cruel ; pour détourner de nous le pire, je me suis décidé à te faire moi-même du mal ; pour qu'on ne te perdît pas tout à fait, j'ai accepté de te faire souffrir. Imagine, si tu peux, le supplice d'un pareil bourreau : par ma faute, ce monde et l'Autre te proclamaient hors la loi et moi-même te fuir ! Par amour l'amour peut prendre tous les visages ; tromper tour à tour l'Univers et Dieu et son propre objet et lui-même ; il n'est jamais que l'amour, mais surtout s'il ose un moment ressembler à la haine ou contrefaire l'indifférence. Maintenant que tu habites, pour l'éternité dans mon âme, les Champs-Elysées, une sorte de Paradis que nous avons mérité ensemble, montagne de neige ensoleillée, où tu te promènes seul et nu, enveloppé du manteau de ton sang dont mon imagination est teinte, avec quelle sérénité je contemple, comme un rayon merveilleux fixé à la hauteur de ton flanc cette lame vierge, dure et noble, qui est restée aux mains de l'Eglise. L'un et l'autre, personne ne nous sépare plus dans la mémoire de Dieu, où tu es devenu pour moi comme inaccessible, revêtu que tu es de leurs anathèmes et de mes serments. Beau jeu de t'avoir à ce point désigné à mon attention, marqué, sacré à part pour moi seul éternellement et singulièrement : comment cesserai-je désormais de te regarder sur la terre et de te toucher malgré eux comme mon propre Ciel ?

« Mais il est un second drame qui scelle encore mieux nos destinées à force de douleur, et j'ose à peine y faire allusion, de peur de ne le rendre que plus réel : c'est que je ne sois venu auprès de toi, moi si riche de toutes sortes d'œuvres que pour te dépouiller de la seule que tu te sois donné la peine d'achever. En vain, tu chercheras, par le monde « l'unique Ami » que tu t'étais donné, que tu avais créé de tes mains et qui était peut-être mon image, « ta gloire » dont tu m'avais confié la garde : nulle part tu ne la trouveras plus et c'est moi qui l'ai livrée à ta place, quand peut-être elle était plus précieuse à tes yeux que de vivre et quand il eût mieux valu sombrer qu'elle, toi dans le néant, moi dans la boue. Meurtre pour meurtre, j'ai préféré que tu ne meures pas. Pourquoi cette destruction affreuse n'aurait-elle pas détourné de toi la pointe d'un courroux qui avait quelque chose de fatidique, d'inexpiable ? S'il fallait que quelque chose ou quelqu'un périt, à ce sacrifice tu dois d'avoir échappé à la Prêtresse qui avait mission de t'immoler. Comme les dieux substituaient autrefois des animaux ou des fantômes à ceux, dont ils exigeaient le dernier supplice, sans laisser de les disputer à la fin victorieusement à la mort, ils ont suscité cette Figure, la mienne et ton œuvre et en elle nous avons péri pour la forme ensemble tous les deux. Etait-elle notre Double commun ou notre Démon particulier ? C'est elle qui a été poignardée, lacérée, anéantie à ta place, parce qu'il fallait qu'il y eût de toi et de moi dans ce simulacre d'oblation et, grâce au truchement de l'effigie, nous avons l'un et l'autre échappé par miracle et sans effusion de sang ni de honte à la colère du Dieu Jaloux. Quelle tendre attention et en même temps quelle rigueur de la part de l'Eternel ! Mais, tout détruit, avec quel surcroît de vie le *Prélat* se réveille et brûle dans mon âme et dans ma chair même, dans mon Regard. Parfois, je me prends à lui ressembler et, un jour, je pense bien le restituer de quelque manière que ce soit au monde, à l'histoire, à la Légende, je veux dire, à une existence plus réelle que la réalité même, celle de ces « Objets » magiques ou diaboliques ou divins qui étaient si actifs, bien que d'apparence immobiles, qu'ils ont eu part à un Drame, qu'ils en ont même été l'occasion ou les victimes. »

J. St. m'a répondu : « Surtout ne me logez pas dans un livre. Je sens déjà que ma vanité s'y intéresse, mais vous n'obtiendrez jamais de moi l'imprimatur ni mon pardon, si je me retrouve dans votre magasin d'accessoires. » Il me parle ensuite du Père N., que j'avais prié de le recevoir et qui, m'écrit-il, loin de l'accueillir, en lui ouvrant tout grands les bras, l'a plutôt chassé du prétoire, en donnant devant lui spontanément, comme pour le dérouter, de parti pris, son consentement et toute sa sympathie à la violence d'Elise, mais voilà que J. St. lui-même, gagné sans doute par l'éclat de la lame qu'on lui a montrée, poursuit, admirable : « Je dois bien vous avouer ici que pour mon compte, je n'ai pas toujours été pur, loyal avec vous. Au début, j'ai tenu un rôle que je m'étais donné : coquetterie de faisan doré ; j'ai voulu plaire et j'ai réussi plus que je ne voulais, si bien que vite, j'ai tout fait pour tout défaire, pour vous déplaire. Plus rien n'y faisait, ne se défaisait. Vous étiez pris et je m'étais pris à mon jeu ». Plus loin : « Il nous faut bien reconnaître d'ailleurs que dans la pièce que nous avons jouée ensemble, seul le tambour était réel : l'orage d'Elise. » Et il ose aussitôt m'avouer qu'il préfère au fond l'indignation de celle-ci à mon adoration devant lui, qu'au moins Elise le voit tel qu'il est sans doute et que le sentiment qu'il lui inspire a quelque rapport avec lui, tandis que le mien n'en a pas : « En toute sincérité, écrit-il, j'aime toujours mieux ce qui est justifié et malgré toute leur injustice dans la forme à mon égard, le Père et son mépris, Elise et sa haine m'atteignent, me touchent, émeuvent en moi ce qu'il y a encore de sensible à la vérité plus que toi, parce qu'ils se déplacent dans la réalité avec moi, sur le même plan que moi, quand toi, tu chemines dans le rêve, dans l'irréel, dans une espèce de Ciel ou d'Enfer, je ne sais ? où je n'ai pas d'accès, où il n'y a pas de danger que je m'établisse, même avec toi longtemps, si je m'y suis laissé un instant séduire, égarer par tes charmes. O l'ineffable « lieu » de notre rencontre, hors de l'espace et du temps, à la croisée de nos sentiers, une fois pour toutes, actuelle, actuelle seulement (ce mot que vous détestez). Vous êtes trop grand, Marcel, pour ne pas comprendre que notre passion était surtout faite de mon inertie et je vous sens si bien tout près de vous ranger bientôt, avec moi et avec le Père N., du côté de la Justice d'Elise contre votre amour. » Enfin, tout d'un coup, dans une sorte de rage démente qui rejoint la perspicacité féroce de son ennemie et lui fait un digne écho : « Mais, toi, toi, est-ce que tu me supposes assez simple moi-même pour te croire étranger tout à fait au dénouement de notre aventure, pour ne pas te soupçonner d'avoir fomenté peu ou beaucoup le complot, qui à la fin nous sépare ? Qui sait s'il a été seulement assez tragique à ton gré ? Qui me dit que ce n'est pas ma mort que tu aurais souhaitée, que tu avais décidée pour corser le Drame ? et depuis combien de temps tu y travaillais ? depuis le premier jour peut-être et avec quelle application, avec quelle patience, avec quelle férocité affilais-tu cette lame qui devait me pourfendre par les soins d'une Elise héroïque à souhait certes et plus innocente de tout que toi et moi peut-être et qu'une Main que nous bénissons, sans l'aimer, heureusement ou malheureusement, a désarmée. »

Jean P. : — Il faut voir beaucoup de gens. L'un chasse l'autre.

Moi : — Qu'y puis-je, si je suis l'homme d'un seul « Visiteur », précédé ni suivi d'aucun autre dont je me souvienne ou que j'attende.

Suzanne : — Vous avez de la chance, vous, Monsieur. Vous êtes le Jonc qui passe dans le feu sans brûler et souple assez pour vous redresser après la tempête, mais votre femme n'est pas du même bois.

J'écris à Jean B. : Depuis deux jours je fume la pipe, parce qu' « il » fumait la pipe quelquefois le soir. Entendez bien que personne ne sait cela que vous.

— « Après tout, ce qui m'intéresse, pensais-je, ce n'est peut-être que de créer, en multipliant les péripéties, un mythe, une légende, à laquelle je finis par croire moi-même. » Et tandis qu'à Elise (pour la première fois je triomphe) le Père N. donne tort devant moi d'exiger que les autres se conduisent, comme s'ils avaient la grâce qu'elle a et qu'ils n'ont pas, entre nous trois brûle et me couronne de son panache de fumée « la Pipe » de J. St., apportée, il n'y a qu'un instant, par le Messager.

Guido F. m'écrit que plus il songe au *Prélat,* plus il est tenté de croire qu'il entrait dans ce portrait de la magie : — Quelle délivrance, conclut-il, si Satan avait eu part à l'élaboration d'une machine qui lui permît d'entrer plus sûrement chez vous ! La lumière « d'au-delà » qui imprégnait la toile attestait sa présence maléfique, mais Dieu arma le bras d'Elise pour en éteindre le rayonnement et le chasser. Est-ce à dire que, même si cet exorcisme est un bien pour vous, je ne vous reconnais pas le droit d'en déplorer la violence et de regretter les ruines qu'il a causées ? Troublante énigme à résoudre et quelle matière pour un de ces poèmes où l'on n'entrerait qu'en frémissant, comme au seuil impénétrable d'un « Mystère ».

Jean P., lui, s'est contenté de cette réflexion : « Tout ce qui t'approche doit brûler », avant d'ajouter, un peu plus tard, plus bas, en y mêlant la douceur impitoyable de son sourire : « J'aimais bien ton portrait par J. St., mais permets-moi de le préférer pour toi retouché par Elise dont le geste l'achève. »

O vieillard opulent et peut-être misérable, cardinal en disgrâce ou Vagabond royal et fabuleux, maintenant que tu ne m'apparais plus que dans ma mémoire, sur ce théâtre intime où je demeure seul à seul avec mon spectacle incommunicable, dis-moi qui tu es ? Je retrouve épars autour de toi, le bissac et la crosse du pèlerin, ta coiffure bizarre qui hésite entre la toque à aigrette de Don Juan et la barrette ecclésiastique, ta houppelande ornée d'hermine, à collet orangé d'une pourpre lavée par l'humidité de l'Erèbe, tes deux mains entrouvertes à l'abandon sur tes genoux, comme deux mains d'or un peu diaprées, comme deux mains de Justice rayonnantes de majesté, mais ton sourire déjà m'attire, sa familiarité hautaine, un peu moqueuse, que toute la gamme des douceurs et des cruautés a traversée, pour ne lui laisser qu'une expression de sérénité dans son immobilité funèbre ; davantage me retient ton regard : par une blessure, par une fissure de ce Monde, il filtre, ce rayon de l'Au-delà d'En-bas, souvenir quand même du Paradis d'où tout émane, lueur sourde isolée de tout, jour de souffrance et de joie de quel Astre errant, de quel Ange maudit, de quelle Ame rejetée dans son Orgueil absolu, désormais autonome ? Un prince de l'Eglise déchu sans doute, en proie définitivement à lui-même, à moins que tu ne sois en personne le Prince des Ténèbres ? Ta bouche tremblait toujours, comme si elle venait de parler ou si elle allait le faire ; on attendait, impatient, la suite du discours qu'on avait peut-être interrompu, mais l'œil, qui d'emblée, m'avait fasciné, ne me lâchait plus ; encore, il me fixe et en même temps poursuit « quelque chose » ailleurs, dans une sorte de miroir, un autre « moi », « moi » encore, « moi » toujours, « moi », davantage, un « moi » que personne ne connaît, que j'ignore moi-même et qu'il m'oblige à voir. O curiosité luciférienne, dévorante qui halète là, suspendue entre l'Eternité et le Temps, accrochée à une toile si frêle qu'elle n'existe plus, qu'il n'en reste plus qu'un fugitif reflet sur ma rétine aveugle ? Je n'en demeure pas moins cloué à toi, devant toi, comme pris au piège, à mon propre piège. Le Père Jérôme Gratien de la Mère de Dieu, appelé aux plus hautes destinées spirituelles et qu'on vit tout d'un coup abandonné du Ciel et de la Terre fuir sa propre Ombre de continent en continent, pour avoir, ô l'affreux destin ! dans sa hâte de faire du cœur de son amie une relique, poignardé de sa main une nuit à Albe la grande sainte Thérèse de Jésus qu'il croyait morte, le Père Jérôme Gratien de la Mère de Dieu, à la fin de sa vie et de son interminable promenade, un moment assis au bord de la route, assassin merveilleux, dut te ressembler. La Marie Tudor d'Antonio Moro, sa contemporaine, présente seule une tonalité comparable, assemble les mêmes couleurs, jusqu'aux mêmes nuances, la même dignité de l'attitude et la même étrangeté sacrée et princière des accessoires, une sorte de parallélisme aussi entre la barbarie mystique des deux physionomies et des deux caractères, si bien que le portrait de la Sanglante qui tint si longtemps au coin de mon feu, boulevard de Grenelle, la place d'Hélène, me semble offrir le seul digne pendant que je connaisse au *Prélat* de J. St. ; l'un bien supérieur à l'autre par le métier, mais le second au premier par la flamme et le secret. Dans l'obscurité de ma maison il m'est arrivé si souvent, l'été dernier, d'éprouver, à mon angoisse, qu'il se passait dans ce cadre quelque chose d'extraordinaire et d'incompatible avec les préoccupations quotidiennes des hommes, que « quelqu'un » y brûlait, s'y consumait, y vivait réellement : à n'en pas douter, je constatais là « une Présence » à moi étrangère et si intime à moi à la fois ; mieux que l'existence d'un Fantôme, celle d'une Personne, dont on eût pu percevoir le souffle, en prêtant l'oreille et dont l'attention passionnée surtout qui vous époinçonnait de toute la ferveur de ses défis ne vous permettait plus de vous croire seul. Aux prises avec quel Démon étais-je tombé, qui ne me laissait pas de repos, me pourchassant de rêve en rêve, jusqu'à me précipiter (mais maintenant je sais) tout vif au cœur de mon cœur, dans mon propre tourment, dans ma propre fournaise, grande ouverte, patente et dernière, plausible, sensible, visible, dans mon propre gouffre où je me suis vu, où je me vois, par de phosphorescentes et indestructibles chaînes, à mon Orgueil incommensurable logiquement lié pour l'éternité ? Ainsi, je sais maintenant quel est le mystère de l'amour de J. St. pour moi et de mon amour pour lui : grâce « au mirage », qu'il avait créé entre nous, je me suis surpris une fois pour toutes, en ce monde, tel que je serai dans l'Autre, tel que je suis définitivement, absolument ; je me suis contemplé à « ma Place » unique, jugé, à la place qui m'est réservée et dans l'attitude souveraine qui m'est destinée à jamais aux antipodes de Dieu : je me suis vu en Enfer.

DU MÊME AUTEUR

Aux Éditions Gallimard

LA JEUNESSE DE THÉOPHILE, *récit.*

LES PINCENGRAIN, *nouvelles.*

MONSIEUR GODEAU INTIME, *récit.*

LES TÉRÉBINTE, *récit.*

PRUDENCE HAUTECHAUME, *nouvelles.*

OPALES, *récit.*

ASTAROTH, *nouvelles.*

LE JOURNAL DU COIFFEUR, *nouvelles.*

L'AMATEUR D'IMPRUDENCE, *récit.*

TITE LE LONG, *récit.*

VERONICAEANA, *récit.*

BINCHE-ANA, *récits.*

MONSIEUR GODEAU MARIÉ, *récit.*

CHAMINADOUR I et II, *nouvelles.*

IMAGES DE PARIS, *récits.*

ALGÈBRE DES VALEURS MORALES, *essai.*

LE SALADIER, *nouvelles.*

CHRONIQUES MARITALES, *récit.*

LE JARDIN DE CORDOUE, *récit.*

DE L'ABJECTION, *essai.*

REQUIEM... ET LUX, *récit.*

L'ARBRE DE VISAGES, *nouvelles.*

TRIPTYQUE, *récits.*

LES MIENS, *récits.*

LE PARRICIDE IMAGINAIRE, *récit.*

L'ONCLE HENRI, *récit.*

ESSAI SUR MOI-MÊME, *essai.*

ANNOTATIONS EN MARGE DE LA GENÈSE, *essai.*

ANIMAUX FAMILIERS, *récits*

MÉNAGERIE DOMESTIQUE, *récit.*

MÉMORIAL :

I. LE LIVRE DE MON PÈRE ET DE MA MÈRE.
II. LE FILS DU BOUCHER.
III. LA PAROISSE DU TEMPS JADIS.
IV. APPRENTIS ET GARÇONS.
V. LE LANGAGE DE LA TRIBU.
VI. LES CHEMINS DE L'ADOLESCENCE.

UN MONDE, *récits.*

PORTRAITS DE FAMILLE, *récits.*

LA FERME EN FOLIE, *récits.*

ÉLOGE DE LA VOLUPTÉ, *essai.*

CONFIDENCES, *essai.*

ANA DE MADAME APREMONT, *récit.*

DERNIERS JOURS ET MORT DE VÉRONIQUE, *récit.*

CONTES D'ENFER.

DU PUR AMOUR, *essai.*

JAUNISSE suivi d'ÉLISÆANA, *récits.*

NOUVELLES IMAGES DE PARIS suivies de REMARQUES SUR LES VISAGES, *récits.*

CARNETS DE L'ÉCRIVAIN, *essai.*

RÉFLEXIONS SUR LA VIE ET LE BONHEUR, *essai.*

L'ÉTERNEL PROCÈS, *récit.*

COCU, PENDU ET CONTENT, *nouvelles.*

L'ÉCOLE DES FILLES, *récit.*

ANIMALERIES, *récits.*

JOURNALIERS :

I. 1957-1959.
II. LES INSTANTANÉS DE LA MÉMOIRE (1959).
III. LITTÉRATURE CONFIDENTIELLE (1959).
IV. QUE TOUT N'EST QU'ALLUSION (1960).
V. LE BIEN DU MAL (1960).
VI. ÊTRE INIMITABLE (1960).
VII. LA MALMAISON (1961).
VIII. QUE LA VIE EST UNE FÊTE (1961).
IX. QUE L'AMOUR EST UN (1961).

X. LE GOURDIN D'ÉLISE (1962).
XI. LA VERTU DÉPAYSÉE (1962).
XII. NOUVEAU TESTAMENT (1963).
XIII. MAGNIFICAT (1963).
XIV. LA POSSESSION (1963).
XV. CONFRONTATION AVEC LA POUSSIÈRE (1964).
XVI. AUX CENT ACTES DIVERS (1964).
XVII. GÉMONIES (1964).
XVIII. PAULO MINUS AB ANGELIS (1964-1965).
XIX. UN SECOND SOLEIL (1965).
XX. JEUX DE MIROIRS (1965-1966).
XXI. ORFÈVRE ET SORCIER (1966-1967).
XXII. PAROUSIE (1967-1968).
XXIII. SOUFFRIR ET ÊTRE MÉPRISÉ (1968-1969).
XXIV. UNE GIFLE DE BONHEUR (1969-1970).
XXV. LA MORT D'ÉLISE (1970-1971).
XXVI. NUNC DIMITIS (1971-1972).
XXVII. DU SINGULIER À L'ÉTERNEL (1972-1973).
XXVIII. DANS L'ÉPOUVANTE LE SOURIRE AUX LÈVRES (1973-1974).

CHRONIQUES MARITALES précédé d'ÉLISE, *récits.*

TROIS CRIMES RITUELS, *essai.*

DESCENTE AUX ENFERS, *nouvelles.*

CHRONIQUE D'UNE PASSION, *récit.*

DIVERTISSEMENTS, *essai.*

MA CLASSE DE SIXIÈME, *essai.*

LÉONORA OU LES DANGERS DE LA VERTU, *théâtre.*

OLYMPIAS suivi de ANTISTIA et de TOUT OU RIEN, *théâtre.*

UNE ADOLESCENCE, *récit.*

LETTRES D'UNE MÈRE À SON FILS.

AZAËL, *récit.*

JOURNAL SOUS L'OCCUPATION suivi de LA COURBE DE NOS ANGOISSES.

BRÉVIAIRE, PORTRAITS DE DON JUAN, AMOURS, *récits.*

L'IMAGINAIRE
GALLIMARD

Axée sur les constructions de l'imagination, cette collection vous invite à découvrir les textes les plus originaux des littératures romanesques française et étrangères.

Volumes parus

1. Raymond Queneau : *Un rude hiver.*
2. William Faulkner : *Les palmiers sauvages.*
3. Michel Leiris : *Aurora.*
4. Henri Thomas : *La nuit de Londres.*
5. Max Jacob : *Le cabinet noir.*
6. D. H. Lawrence : *L'Homme qui était mort.*
7. Herman Melville : *Benio Cereno et autres contes de la Véranda.*
8. Valery Larbaud : *Enfantines.*
9. Aragon : *Le libertinage.*
10. Jacques Audiberti : *Abraxas.*
11. Jean Grenier : *Les îles.*
12. Marguerite Duras : *Le vice-consul.*
13. Jorge Luis Borges : *L'Aleph.*
14. Pierre Drieu la Rochelle : *État civil.*
15. Maurice Blanchot : *L'arrêt de mort.*
16. Michel Butor : *Degrés.*
17. Georges Limbour : *Les vanilliers.*
18. George du Maurier : *Peter Ibbetson.*
19. Joseph Conrad : *Jeunesse* suivi de *Cœur des ténèbres.*
20. Jean Giono : *Fragments d'un paradis.*
21. Malcolm Lowry : *Ultramarine*
22. Cesare Pavese : *Le bel été.*
23. Pierre Gascar : *Les bêtes.*

24. Jules Supervielle : *L'homme de la pampa.*
25. Truman Capote : *La harpe d'herbes.*
26. Marcel Arland : *La consolation du voyageur.*
27. F. Scott Fitzgerald : *L'envers du paradis.*
28. Victor Segalen : *René Leys.*
29. Paul Valéry : *Monsieur Teste.*
30. C.-F. Ramuz : *Vie de Samuel Belet.*
31. Marguerite Yourcenar : *Nouvelles orientales.*
32. Louis-René des Forêts : *Le bavard.*
33. William Faulkner : *Absalon! Absalon!*
34. Jean Genet : *Pompes funèbres.*
35. Ernst Jünger : *Le cœur aventureux.*
36. Antonin Artaud : *Héliogabale.*
37. Guillaume Apollinaire : *La femme assise.*
38. Juan Rulfo : *Pedro Páramo.*
39. Eugène Zamiantine : *Nous autres.*
40. Marcel Proust : *Les plaisirs et les jours.*
41. André Pieyre de Mandiargues : *Soleil des loups.*
42. Maurice Sachs : *Le Sabbat.*
43. D. H. Lawrence : *L'arc-en-ciel.*
44. Henri Calet : *La belle lurette.*
45. Rómulo Gallegos : *Doña Bárbara.*
46. Georges Lambrichs : *Les fines attaches.*
47. Ernst Jünger : *Sur les falaises de marbre.*
48. Raymond Queneau : *Les œuvres complètes de Sally Mara.*
49. Marguerite Duras : *L'après-midi de monsieur Andesmas.*
50. T. E. Lawrence : *La matrice.*
51. Julio Cortázar : *Marelle.*
52. Maurice Fourré : *La nuit du Rose-Hôtel.*
53. Gertrude Stein : *Autobiographie d'Alice Toklas.*
54. Hoffmann : *Le chat Murr.*
55. Joë Bousquet : *Le médisant par bonté.*
56. Marcel Jouhandeau : *Prudence Hautechaume.*
57. Jane Austen : *Catherine Morland.*
58. Pierre Guyotat : *Tombeau pour cinq cent mille soldats.*
59. Aragon : *Traité du style.*
60. Frédéric Prokosch : *Sept fugitifs.*
61. Henri Bosco : *Pierre Lampédouze.*
62. Paul Bowles : *Un thé au Sahara.*

63. Louis Guilloux : *La confrontation.*
64. Henri Calet : *Le tout sur le tout.*
65. Hermann Broch : *La mort de Virgile.*
66. Pierre Herbart : *Alcyon.*
67. Thomas Mann : *Les Histoires de Jacob.*
68. Thomas Mann : *Le jeune Joseph.*
69. Thomas Mann : *Joseph en Égypte.*
70. Thomas Mann : *Joseph le Nourricier.*
71. Samuel Butler : *Erewhon.*
72. René Daumal : *Le Mont Analogue.*
73. Edmond Duranty : *Le malheur d'Henriette Gérard.*
74. Vladimir Nabokov : *Feu pâle.*
75. René Crevel : *Êtes-vous fous ?*
76. Mario Vargas Llosa : *La maison verte.*
77. Stig Dagerman : *L'enfant brûlé.*
78. Raymond Queneau : *Saint Glinglin.*
79. Hugo von Hofmannsthal : *Andréas et autres récits.*
80. Robert Walser : *L'Institut Benjamenta.*
81. William Golding : *La nef.*
82. Alfred Jarry : *Les jours et les nuits.*
83. Roger Caillois : *Ponce Pilate.*
84. Thomas Mofolo : *Chaka, une épopée bantoue.*
85. Jean Blanzat : *Le Faussaire.*
86. Jean Genet : *Querelle de Brest.*
87. Gertrude Stein : *Trois vies.*
88. Mircea Eliade : *Le vieil homme et l'officier.*
89. Raymond Guérin : *L'apprenti.*
90. Robert Desnos : *La liberté ou l'amour!* suivi de *Deuil pour deuil.*
91. Jacques Stephen Alexis : *Compère Général Soleil.*
92. G. K. Chesterton : *Le poète et les lunatiques.*
93. Emmanuel Berl : *Présence des morts.*
94. Hermann Broch : *Les somnambules,* I.
95. Hermann Broch : *Les sombambules,* II.
96. William Goyen : *La maison d'haleine.*
97. Léon-Paul Fargue : *Haute solitude.*
98. Valery Larbaud : *A. O. Barnabooth, son journal intime.*
99. Jean Paulhan : *Le guerrier appliqué. Progrès en amour assez lents. Lalie.*

100. Marguerite Yourcenar : *Denier du Rêve.*
101. Alexandre Vialatte : *Battling le ténébreux.*
102. Henri Bosco : *Irénée.*
103. Luigi Pirandello : *Un, personne et cent mille.*
104. Pierre Jean Jouve : *La Scène capitale.*
105. Jorge Luis Borges : *L'auteur et autres textes.*
106. Pierre Gadenne : *La plage de Scheveningen.*
107. Ivy Compton-Burnett : *Une famille et son chef.*
108. Victor Segalen : *Équipée.*
109. Joseph Conrad : *Le Nègre du « Narcisse ».*
110. Danilo Kiš : *Jardin, cendre.*
111. Jacques Audiberti : *Le retour du divin.*
112. Brice Parain : *Joseph.*
113. Iouri Tynianov : *Le lieutenant Kijé.*
114. Jacques Stephen Alexis : *L'espace d'un cillement.*
115. David Shahar : *Un été rue des Prophètes.*
116. Léon Bloy : *L'âme de Napoléon.*
117. Louis-René des Forêts : *La chambre des enfants.*
118. Jean Rhys : *Les tigres sont plus beaux à voir.*
119. C.-A. Cingria : *Bois sec Bois vert.*
120. Vladimir Nabokov : *Le Don.*
121. Leonardo Sciascia : *La mer couleur de vin.*
122. Paul Morand : *Venises.*
123. Saul Bellow : *Au jour le jour.*
124. Raymond Guérin : *Parmi tant d'autres feux...*
125. Julien Green : *L'autre sommeil.*
126. Taha Hussein : *Le livre des jours.*
127. Pierre Herbart : *Le rôdeur.*
128. Edith Wharton : *Ethan Frome.*
129. André Dhôtel : *Bernard le paresseux.*
130. Valentine Penrose : *La Comtesse sanglante.*
131. Bernard Pingaud : *La scène primitive.*
132. H. G. Wells : *Effrois et fantasmagories.*
133. Henri Calet : *Les grandes largeurs.*
134. Saul Bellow : *Mémoires de Mosby et autres nouvelles.*
135. Paul Claudel : *Conversations dans le Loir-et-Cher.*
136. William Maxwell : *La feuille repliée.*
137. Noël Devaulx : *L'auberge Parpillon.*
138. William Burroughs : *Le festin nu.*

139. Oskar Kokoschka : *Mirages du passé.*
140. Jean Cassou : *Les inconnus dans la cave.*
141. Jorge Amado : *Capitaines des Sables,*
142. Marc Bernard : *La mort de la bien-aimée.*
143. Raymond Abellio : *La fosse de Babel.*
144. Frederic Prokosch : *Les Asiatiques.*
145. Michel Déon : *Un déjeuner de soleil.*
146. Czeslaw Milosz : *Sur les bords de l'Issa.*
147. Pierre Guyotat : *Éden, Éden, Éden.*
148. Patrick White : *Une ceinture de feuilles.*
149. Malcolm de Chazal : *Sens-plastique.*
150. William Golding : *Chris Martin.*
151. André Pieyre de Mandiargues : *Marbre ou Les mystères d'Italie.*
152. V. S. Naipaul : *Une maison pour Monsieur Biswas.*
153. Rabindranath Tagore : *Souvenirs d'enfance.*
154. Henri Calet : *Peau d'Ours.*
155. Joseph Roth : *La fuite sans fin.*

Ouvrage reproduit
par procédé photomécanique.
Impression S.E.P.C.
à Saint-Amand (Cher), le 27 septembre 1985.
Dépôt légal : septembre 1985.
Numéro d'imprimeur : 1587.
ISBN 2-07-070454-8. / Imprimé en France.

36352